CW00871141

# Lettre ouverte
## à Freud

# Lou Andreas-Salomé

# Lettre ouverte
à Freud

Traduit de l'allemand par Dominique Miermont
avec la collaboration d'Anne Lagny

*Préface de Marie Moscovici*

## Lieu Commun

Ce texte a été publié en allemand, en 1931, in *Internatio-naler Psychoanalytischer Verlag,* sous le titre « Mein Dank an Freud. Offener Brief an Professor Sigmund Freud, zu seinem 75. Geburtstag ».

Nous remercions Jacques Nobécourt d'avoir bien voulu nous signaler l'existence de ce texte (Lieu Commun).

En couverture : Lou Andreas-Salomé
Photo droits réservés

ISBN 2-02-009482-7
(ISBN 1ʳᵉ publication : 2-86705-010-3)

# Lou Andreas-Salomé :
## la liberté d'une allégeance

Si je ne désirais pas à mon tour, et avec insistance, rendre hommage à l'auteur tout à fait original qu'est Lou Andreas-Salomé, je me dispenserais d'ajouter une préface à un texte qui n'en a pas besoin, qui n'a besoin que d'être lu. Il n'y a en effet pas grand-chose à ajouter aux mots sobres et forts dont Ernst Pfeiffer, dans sa postface à la longue lettre à Freud qu'est ce petit livre, qualifie cette œuvre. Dire brièvement que Lou Andreas-Salomé est un exemple presque unique dans le mouvement psychanalytique d'acceptation sans réserve de la position de disciple en même temps que d'une totale liberté de pensée par rapport au maître et à la doctrine paraît en effet nécessaire et suffisant. Ne pouvant que reprendre à mon compte cet acte qu'Ernst Pfeiffer propose pour retrouver la pensée de Lou Andreas-Salomé, je ne vais parvenir qu'à paraphraser, un peu plus longuement, ce qu'il énonce, et ce qu'elle-même offre à notre réflexion.

Il est difficile de ne pas rappeler ici ce qui a déjà été relevé, dans la correspondance de Lou Andreas-Salomé et Freud, du débat qui les opposait à propos du titre de ce livre. Pour mémoire : alors qu'elle voulait l'intituler Mein Dank an Freud, littéralement « Mon remerciement à Freud », lui n'était pas preneur de cet hommage à son nom et suggérait qu'elle l'appelât « Mon remerciement à

*la psychanalyse ». Et elle a tenu bon, pas plus soumise
sur ce point que sur d'autres : son argument, on s'en
souvient, était que, « n'étant qu'une femme », elle ne
pouvait séparer de ce nom cet apport théorique, cet
apport dans sa vie, et qu'elle ne savait pas ce qu'aurait été
cette théorie sans ce nom. Que peut bien impliquer un tel
sous-entendu sur le fait qu'il faudrait pouvoir se dire, et
dire, comme Lou : « Je ne suis qu'une femme », pour
assumer la position d'un disciple par rapport à un
homme ? Chacun de nous est libre d'y réfléchir dans son
contexte personnel, et je n'en discuterai pas ici, tout en
souhaitant que la question, éminemment analytique, ne
soit pas reléguée aux oubliettes. Mais, sous un autre angle
encore, le point mérite d'être souligné, car il est centrale-
ment lié à la théorie propre de Lou Andreas-Salomé :
que le questionnement théorique est celui qui surgit du
travail, du chemin d'une vie humaine, et que, lorsqu'il
compte, il apporte du changement, du mouvement dans
d'autres vies humaines. Ce qu'il est difficile de dénier à la
psychanalyse, que ce soit pour s'en plaindre ou, comme
Lou, pour s'en réjouir à sa manière si particulière, c'est
cette façon de penser la vie et de vivre la théorie qui lui
fait, à la fin de ce texte, citer ces mots de Spinoza, dont on
pourrait faire sa devise intime à elle : « La seule perfection, c'est la joie. » Et bien entendu, plus c'est difficile...
Qui prétendrait que l'existence de Lou, pour ce qui est
des circonstances et des péripéties, s'est déroulée dans la
simplicité et la facilité ? A chaque instant, un parti pris de
vie.*

*Au-delà de toute référence biographique, c'est aussi ce
que raconte et théorise ce livre. Il fait l'inventaire de tous
les questionnements dont la vie psychique, et plus largement la vie humaine, était pour elle l'occasion, questionnements dont la psychanalyse est devenue pour elle le
lieu, et l'est restée jusqu'au bout : c'est-à-dire, pour Lou,*

femme particulièrement portée à tirer les conséquences de ce qu'elle découvrait et apprenait ainsi, et psychiquement douée pour le faire, une mise en œuvre théorique et pratique. On sait qu'elle n'a cessé d'avoir des patients, et d'élaborer la théorie psychanalytique, à sa façon très personnelle, toujours « freudienne » dans la démarche, mais souvent en débat, voire en désaccord avec Freud, quant aux contenus et aux implications.

Elle-même, on le dira dans ce texte, se déclare, très librement et avec humour, « hérétique », en plus d'un point — sans qu'en découle pour autant la menace d'une rupture avec le maître si décrié depuis pour l'intolérance que certains lui ont prêtée. En quoi elle partage, par rapport à Freud, le sort d'un Ferenczi, si peu orthodoxe et pourtant si enraciné dans le freudisme ; Ferenczi dont elle apprécie également les positions théoriques, ainsi qu'elle le déclare à plusieurs reprises dans ce livre. Ni avec elle ni avec Ferenczi, Freud n'a rompu le lien, pas plus qu'eux avec lui, même quand se creusaient entre eux les plus grands écarts.

Et en effet, sur certains points, quels écarts, et, en même temps, quelle fidélité à la démarche de la pensée ! Les premiers du fait même de la seconde : telle est la position assumée, qui mérite qu'on la prenne en considération dans la théorisation de Lou Andreas-Salomé. Il ne s'agit pas alors de critiquer, de rectifier, mais d'admirer la gageure tenue, les contradictions supportées, et d'accepter les questions posées. Quant au choix des réponses vers lesquelles on s'orientera, il reste au compte du travail et des engagements de chacun.

Se livrer à un commentaire et même seulement à un recensement demanderait qu'on ajoutât à cet ouvrage au moins un nouvel ouvrage. Il le mériterait. Quant à moi, je ne souhaite que relever quelques thèmes.

*Il n'est pas indifférent que les premières pages de cet hommage à Freud soient consacrées à un point dont la mention sous la plume de Lou Andreas-Salomé paraissait déjà tout à fait remarquable dans quelques-unes de ses lettres. Il s'agit du heurt, dans la personne même de l'inventeur de la psychanalyse, de son goût pour la « raison » — mais encore faudrait-il explorer toutes les épaisseurs de cette notion, pour lui — et de la nécessité où il s'est trouvé d'explorer les forces obscures, « irrationnelles » — et, là encore, on hésite à employer de tels mots, sans expliciter chaque fois le déplacement de sens que la conception psychanalytique leur fait effectuer. Mieux que personne, Lou Andreas-Salomé semble avoir saisi ce conflit, ce combat de Freud avec lui-même qui allait marquer dans l'avenir la psychanalyse et les psychanalystes, cette lutte non seulement avec « les résistances » chez les patients, mais avec ce qu'elle appelle la résistance de sa « nature » et de son goût par rapport au dévoilement de ce que le refoulement gardait secret, enfoui, chez lui et chez les autres. Elle parle alors des* sacrifices *de Freud. Sacrifices non seulement matériels, concrets, sociaux, pour une cause alors conspuée et rejetée, mais surtout sacrifice physique, renoncement à une part de lui-même, que ce soit par le consentement à exposer l'analyse de ses propres rêves — fût-ce partiellement — ou pour la distance qu'il lui a fallu prendre par rapport à ses jugements, à son idéologie, voire à sa morale, pour plonger dans l'univers étrange, désordonné qu'il allait mettre au jour. Freud, le premier — et, à la suite, tous les analystes —, allait devoir parvenir, si l'on peut s'exprimer ainsi, à ne pas en vouloir à l'inconscient, pour pouvoir le découvrir et travailler avec lui. Et l'on sait bien, par certaines phrases brèves écrites, ici ou là, dans des lettres* à des intimes, à quel point il était enclin à mal supporter le genre humain. Que l'on pense aux réflexions qu'il lui est arrivé de faire, bien avant Lacan, sur « les canailles »... Ce travail sur la difficulté psychique de la démarche analytique pour les analystes, dont la mention n'a d'intérêt que parce qu'il fait partie de la psychanalyse — et non pour évoquer un quelconque apitoiement sur un métier qui n'en a pas besoin —, Lou Andreas-Salomé le connaît bien elle-même, et il est frappant, dans ce livre plus encore que dans d'autres textes ou dans sa correspondance, de noter à quel point il lui a fallu surmonter sa « nature » à elle pour devenir disciple de Freud et, pas à pas, se rapprocher de lui. En particulier pour ce qui concerne sa propre propension au mysticisme, à première vue incompatible avec l'athéisme radical de la psychanalyse et de son fondateur, avec la répulsion même, pourrait-on dire, de celui-ci pour tout ce qui se présente comme peu ou prou teinté de religion ou d'occultisme. De même que, pour lui, ces phénomènes sont devenus objets de sa pensée\* — seule façon, pour lui, de les manier, en dépassant l'aversion qui lui fait dire à Lou Andreas-Salomé, en 1913 : « S'il faut vraiment plonger dans ce bourbier dans l'intérêt de la recherche, je souhaite que cela ne se produise qu'après ma mort » —, elle a pris sur elle d'examiner la question, mais d'une tout autre position, celle qui la portait à s'y immerger.

Concernant l'expérience du malaise de la psychanalyse chez ceux qui la pratiquent, c'est là encore, en compagnie de Ferenczi, que, malgré les divergences, on peut inscrire Lou Andreas-Salomé et Freud, pour en rester à cette époque. Lui, Ferenczi, en a sans doute témoigné mieux

---

\* Voir à ce sujet le livre qui vient de paraître de W. Granoff et J. M. Rey, *L'Occulte, objet de la pensée freudienne*, PUF, 1983, dans lequel, pour la première fois, la question a été envisagée sous cet angle

*que quiconque, dans sa tentative éperdue pour aménager une situation intenable pour les deux protagonistes d'une cure. Situation dont Lou a peut-être moins souffert, mais à laquelle elle prouve qu'elle a beaucoup réfléchi, pensant à Freud pour commencer, et dont elle dit, en somme : si cela peut marcher néanmoins, ce n'est pas par charité ni par volonté, mais parce que l'un et l'autre, le psychanalyste et son patient, participent de la même humanité. Ce que Freud sans doute n'aurait pas formulé ainsi, mais dont il n'est pas si loin, quand il semble concevoir la relation analytique comme l'incarnation dans les deux protagonistes du fonctionnement de l'appareil psychique. Cela, Lou Andreas-Salomé, en tout cas, l'aura connu et compris. Elle l'illustre par ses brèves réflexions sur le contact « d'homme à homme » dans cette relation analytique qui, pourtant — elle le note très finement —, n'est pas à saisir comme un lien individuel.*

*Un analyste qui, comme elle, ne cesse de s'interroger sur ses propres capacités à réaliser ce que le patient réalise lui-même est en tout cas assez rare pour qu'on le remarque. Et si elle met, comme c'est sa pente, quelque emphase, qu'on pourrait croire moralisante, à parler du respect que nous devons à nos semblables, cette impression se dissipe lorsqu'on se rend compte qu'il s'agit de quelque chose d'infiniment plus subtil, dans son évocation de la « solidarité qui nous lie en dehors de tout affect ». Ce livre est ainsi une mine de réflexion sur le transfert et le contre-transfert, dont, à l'inverse d'elle, nous sommes généralement portés à parler trop et à ne pas dire assez.*

*Lou Andreas-Salomé est particulièrement connue pour les prolongements qu'elle a donnés au concept freudien*

*de narcissisme\*. On sait qu'au sens qu'avait donné
Freud à cette notion elle en a ajouté un second. Dans ce
livre, elle déclare d'ailleurs à Freud, on ne peut plus
tranquillement, que les analystes, et même lui, n'ont pas
tiré du narcissisme un parti suffisant — tout comme elle
lui dira sans ménagement qu'elle n'aime pas la notion du
« ça » qu'il a introduite tardivement, et qui est « bonne
pour les philosophes », ou qu'il n'a pas assez mis en
relief ce que l'homosexualité pouvait avoir de positif.
Pour elle, et pour le dire trop rapidement, le narcissisme,
en tant qu' « amour de soi », est assez vite expédié dans
le traitement qu'elle en fait, et elle s'attache, de préférence
et avec passion, à le qualifier comme état disparu de
totalité originelle, auquel cet amour de soi est relié
« comme l'embryon par un cordon ombilical ». Réservoir maternel premier où il n'y a pas encore de clivage
entre le sujet et le monde extérieur, et par rapport auquel
le processus d'individuation, qui (dans le meilleur des
cas) aura forcément lieu, constitue un progrès mais aussi
une perte, une déperdition. État ambigu de ce narcissisme
originaire, car, s'il est, selon elle, la source de toute
énergie créatrice, il est aussi le lieu de la régression
pathologique à l'infantile.*

*Inépuisable matière à débat, et à avancées, comme tout
ce qui concerne le narcissisme, dont je dirai à mon tour
qu'on n'en a pas assez tiré parti dans le sens de la
réflexion que propose Lou. Qu'elle veuille rappeler par
là que la sexualité (qu'inclut son narcissisme primaire)
est le sol de tout processus, fût-il le plus sublimé, et le plus
« sublime », on ne peut que lui en savoir infiniment gré.
Qu'elle pose simultanément l'existence réelle d'un avant
idyllique, avant la poussée pulsionnelle, et dont cette*

---

\* Cf. Lou Andreas-Salomé, *L'Amour du narcissisme*, Gallimard,
1980.

*dernière précisément surgirait dans la nostalgie de le
retrouver, cela pose aussi quelques questions fondamentales. Tout particulièrement celle qui s'incarne avec le
plus de relief dans le débat entre Freud et Ferenczi quant
à la référence au maternel et aux retrouvailles — à rejouer
dans la cure — avec une complétude qui aurait existé, ou
dû exister. Chez Freud (cf. Inhibition, Symptôme et
Angoisse), cette totalité a-t-elle jamais eu lieu? Le petit
homme a-t-il jamais été autre chose que blessé d'emblée,
souffrant d'emblée de manque, pulsionnel d'emblée?
« La mère » a-t-elle jamais été comblante, n'a-t-elle
jamais été autre chose que l'objet d'un investissement
nostalgique (Sehnsuchtbesetzung) qui la laissait elle
aussi à charge de l'enfant à créer? Le complexe de
castration ultérieur, avec son instance paternelle, ne
surgit-il pas sur ce sol, tout comme le processus de
fantasmatisation lui-même?*

*On le voit, les questions posées par la théorie de Lou
Andreas-Salomé, tout comme celles que l'on est amené à
soulever dans la controverse jamais close, plus tragique,
entre Freud et Ferenczi, ne sont pas des moindres. Et,
comme c'est le cas avec Ferenczi, même si ce qui se joue
du côté de Lou n'atteint pas les dimensions démesurées,
théoriques et pratiques de la construction ferenczienne,
rien là non plus qui soit à écarter, dont on puisse se
débarrasser avec assurance et tranquillité, au nom de
l'orthodoxie. Tout est à prendre en considération, tout est
mûri, pesé, et inéluctablement traversé par l'expérience
constante de la pensée psychanalytique dans sa pratique
même. Jusqu'aux confins où, on le verra, Lou s'inter-
roge, d'une façon qui sans doute était totalement étrangère à la « nature » de Freud, sur la rencontre du charnel
et du « divin » que vraisemblablement, quant à elle, elle
recherche. Mais, toujours à partir du questionnement
lucide, minutieux, sur le narcissisme originaire. Porte*

*ouverte, avec son style propre, tout à fait différent de celui de Freud, à un abord de l'idée de Dieu, à partir d'une certaine idée de la maternité, de l'enfance et de l'humanité. Par là elle témoigne, en quelques pages superbes, de sa compréhension de l'aventure de Nietzsche, autre rencontre capitale de sa vie — ce qu'elle fut pour lui aussi. Dans sa réflexion personnelle se croisent ces deux pensées qui, dans la réalité, ne se sont pas croisées vraiment, celle de Nietzsche et celle de Freud. Ce faisant, Lou va au-delà du commentaire et propose à la psychanalyse des sources de réflexion qui n'ont pas été exploitées.*

*Tout à fait originale est, dans ce livre, l'élaboration de la notion de pulsion de mort. Parlant de l'amour, comme elle le fait toujours avec insistance, Lou ne cesse d'être habitée par sa propre connaissance du versant haineux de l'amour, d'origine freudienne, mais aussi, pour elle comme pour lui, on le sent, d'origine intime. Et là, comme dans tout ce qu'elle aborde de difficile, qui pourrait faire l'objet d'un jugement négatif ou d'une aversion personnelle, on est de nouveau frappé de la capacité qu'a cette femme de retourner le négatif en positif, ou, peut-être, de son incapacité foncière à ne pas le faire. Il en est pour elle, à propos de la haine et de l'amour, ou de la pulsion de mort et d'Éros, comme de ce qu'elle écrit des deux modes de la relation à l'objet chez l'analyste et chez le poète, ou encore de la névrose et de la santé. Dans un cas, si l'on prend comme elle la métaphore d'un tissu, l'œil s'attache à l'envers du tissu et voit « les fils isolés, les lignes qu'ils suivent, leurs entrelacs, les points où ils se nouent ». Dans l'autre, on prend en considération l'endroit du tissu, « en s'attachant* à l'impression qui se dégage du motif d'ensemble * ».

La question de l'analytique et du synthétique court tout au long de la relation de Lou Andreas-Salomé avec Freud, et il est impossible de n'en faire pas de nouveau mention. Pour accepter l' « analytique », Lou Andreas-Salomé a dû faire bien du chemin, mais, l'ayant admis tout à fait, elle retrouve pour le synthétique, comme pour la création, pour l'amour et la pulsion de vie, une place plus juste : celle du couple qu'il fait avec l'autre vision des choses, celle du « motif d'ensemble » qui n'est que l'un des côtés du tissu, selon la façon dont on le regarde ou dont il nous regarde.

La haine, ainsi, envers de l'amour, est retournée à son tour dans la façon dont l'envisage Lou Andreas-Salomé : son interdépendance avec l'amour, pour destructrice qu'elle puisse être, « résulte déjà du premier pas que l'on fait pour sortir d'une bienveillante impassibilité (...) ». C'est de la même manière et dans ce même état d'esprit qu'elle se réfère à sa discussion avec Freud au sujet de ces deux types extrêmes, le criminel et le saint. Discussion qui en effet intéressait éminemment Freud, occupé qu'il était à constater, à examiner dans tous les registres la coexistence dans l'homme de la sauvagerie et de la civilisation, de l'archaïque et de l'élaboré, les deux, pulsion de mort et pulsion de vie intriquées, prenant également leurs racines dans l'inconscient. Poussant très loin l'idée freudienne de la psychanalyse comme dissection, travail de mise en pièces, que, par « nature », elle avait d'abord été tentée de refuser, Lou impute peut-être plus que lui, ou plus explicitement, ce travail à la fonction du « mort », du matériel, du mécanique, dans l'appréhension par notre entendement des phénomènes érotiques eux-mêmes. La méthode scientifique est ainsi globalement attribuée aux

* C'est moi qui souligne.

*exigences de la pulsion de mort. Mais Lou Andreas-Salomé, dans un de ces retournements qui lui sont propres, dans ce mouvement qu'elle a pour rendre productif, aussitôt qu'elle l'aborde, cela même qui se présente comme destructeur, retrouve par la théorisation le vivant qui lui est si cher. Car le processus de déblaiement, pièce à pièce, qu'accomplit la dissection analytique est pour elle œuvre de dégagement de ce qui a été enseveli vivant. Ce travail alors n'est plus, à ses yeux, un processus de mort ou de meurtre, mais de libération, à nouveau, de l'intensité de la vie.*

*On la trouvera optimiste, certes, comme Freud ne l'a officiellement pas été. Pourtant, cette idée que toute pulsion soit de vie, même si sa démarche est de destruction, est-elle si facile à balayer? Ou que ce soit le « sommeil de mort » de l'inorganique qui maintienne en vie dans l'inconscient ce que la conscience exclut ou qu'elle laisserait « s'échapper en fumée », est-ce une spéculation étrangère à la psychanalyse? Lou Andreas-Salomé a-t-elle tort de faire remarquer que ce que nous appelons inorganique est ce qui nous est le plus étranger? Et que de ne pouvoir l'appeler qu'ainsi, c'est ce qui témoigne de notre incapacité à aller plus loin, à passer cette limite : ce qui, comme elle le dit, atteste notre bêtise?*

*Aussi fait-elle à Freud l'hommage de penser que, alors même qu'il semble se mettre du côté de la mort — par exemple du fait de l'âge (il a soixante-quinze ans lorsqu'elle écrit ce texte) ou de la lassitude de vivre, comme on a pu le croire —, il faille lire dans ses dernières théorisations, encore et toujours, sa prise de parti pour la réalité psychique, donc vivante, envisagée sans complaisance. Et qu'alors ne s'opposent pas réalité et subjectivité, vie et mort, mais qu'elles ne font que se faire face comme deux aspects d'une même réalité. Plus précisément*

encore, et dans un rapprochement très subtil, elle accole
la notion de pulsion de mort, de retour de l'inorganique,
à celle d'inquiétante étrangeté, « ce revenant qui sort du
cercueil scellé du passé pour semer l'effroi ». Mais,
ajoute-t-elle, « derrière ce fantôme qui sert à les dissimuler se profile le spectre des plaisirs, des espoirs les plus
anciens auxquels nous avons renoncé ». Par quoi elle
remet à l'origine du retour du mort la vie du désir, que
rien décidément ne parvient à lui faire lâcher.

On voudrait souligner ici tous les thèmes auxquels Lou
Andreas-Salomé donne dans ce texte une forme qui
n'appartient qu'à elle. Par exemple, ses réflexions sur la
religion, auxquelles il a déjà été fait allusion et dont, en
toute rigueur analytique, elle situe le terrain entre la
maladie et la normalité, sans jamais trancher. Le mouvement religieux, pour un individu singulier, peut être une
solution de vie, consistant à rendre réel et embelli « à
l'extérieur » le monde interne de son délire, et ainsi à
échapper à sa folie particulière. A rendre vivable la
nostalgie d'une époque primitive où « la distinction entre
l'intérieur et l'extérieur était moins solidement établie ».
En cela, selon la démarche habituelle de Lou Andreas-
Salomé, la solution religieuse pourra être positive — mais
fera courir, toujours, le risque de sa tragédie latente, de
son envers de « satanisation » : « car il n'est nulle
résurrection dans la foi derrière laquelle ne se profile une
crucifixion ».

Façon très personnelle d'énoncer pour son compte,
sans trace d'imitation, ce que Freud avançait du revers de
l'illusion croyante ou de l'« aimez-vous les uns les
autres ». Néanmoins, moins dressée que lui contre ce qui,
pour Freud, était l'ennemi numéro un de la vérité

*psychanalytique, elle envisage que la solution religieuse, si elle peut être dramatique, puisse aussi ne l'être point. Et parvient à concevoir la création de Dieu comme un acte, parfois et chez quelques-uns, positivement créateur : pas nécessairement hallucination du désir réalisé, mais, à partir de la création de Dieu, possibilité trouvée par un tel homme de se donner à lui-même la chance d'être. Dans ce cas, la création du créateur crée l'homme. Mais, ajoute-t-elle, dans cette conceptualisation — qu'il convient de reconsidérer, à notre époque de retour en force du discours de la religion et du sacré —, Dieu est quand n'est pas son culte. Car son culte n'est « qu'un nom pour un vide, pour une lacune dans la piété ». Dieu ne peut exister que là où l'on a pas besoin de lui, qu'en tant qu'impossédable, inappropriable, indésignable.*

*Notons encore que, très consciente de ses différences et divergences avec Freud sur ces questions religieuses, Lou tient à s'en expliquer à lui tout à fait librement. De son côté, il ne l'a pas, que l'on sache, excommuniée. Constamment, elle milite pour sa recherche de la non-séparation, et pour les retrouvailles des états — et l'état religieux en est un — où l'émotion physique et l'émotion psychique coïncident. Simultanément, elle se bat contre ce qui dans le psychisme les fait diverger. Recherche de l'enfance et de l'enfance du genre humain, qui, à ses yeux, ont connu ces états d'avant la distinction, la disjonction.*

*Sur ces points, il est certain qu'elle ne peut être en accord avec Freud : car là où elle espère et prône ces retrouvailles dans la réalité des expériences érotiques en particulier, lui en décrit la nostalgie et la perte irréparables, originelles. A lui, cela fait peut-être écrire sa « science ». A elle, sans que cela l'en empêche, cela permet peut-être de s'adonner davantage à une forme particulière de quête amoureuse et religieuse… Cela ne la*

*détourne pas cependant de percevoir avec acuité le
refoulement de l'angoisse existentielle, jusqu'à la pathologie, dans toute forme d'attachement religieux, et d'y voir
lucidement un mode de suppression de l'affect. Aussi
mentionne-t-elle très pertinemment comme formations
pathologiques les cas de création d'«idoles qui prennent
la place des dieux et tous actes (comme les excès pratiques
ou érotiques) qui donnent l'impression d'aider en faisant
passer dans d'autres sphères, où l'on s'éloigne du sentiment». C'est pourquoi elle peut conclure, quant aux
différends religieux qui surgissent parfois dans certaines
cures, qu'entre l'analyste et l'analysant il n'y a à ce sujet
rien à trancher, « car, dussent-ils prendre des directions
totalement différentes, c'est pourtant à la même source
que s'étanche leur soif ».*

*Quelques mots encore sur l'art, et sur l'évocation
admirable de Rilke, et nous laisserons Lou Andreas-
Salomé à ses lecteurs. Dans le domaine de l'art, Lou est,
presque en tout point, « hérétique » à la psychanalyse,
c'est elle qui le déclare. Surtout, elle s'y intéresse autrement que Freud, et peut-être plus que lui. Une remarque
d'elle, très étonnante : l'art est ce qui n'aspire pas à une
réalisation dans le réel, et aussi est l'inverse, quand il a
vraiment lieu, d'une régression, d'une pathologie.
Contrairement au rêve ou à la rêverie diurne, il ne
recherche pas une réalisation véritable du désir, il
nécessite même son oubli. « Pour assurer la réussite de
l'œuvre, il faut non seulement que la substance de ce qui
l'a motivée ait sombré dans l'oubli, mais qu'elle ait été
épuisée : comme toute matière enterrée, elle doit se
décomposer, se transformer en quelque chose de végétal ;
c'est alors sous une forme bien différente que cette*

*parcelle de terreau est englobée dans l'œuvre d'art. » Idée d'un processus de décomposition, de transformation radicale d'une matière psychique, pour que surgisse un objet créé différent. Idée que la psychanalyse a devant elle à méditer pour ses recherches — si rares encore, du moins en tant qu'elles sont véritablement psychanalytiques — sur les processus de création, de production d'œuvre. Là encore, le sexuel est le sol et la substance, mais qui ne passe pas directement du producteur à l'objet, ni du producteur au consommateur! Lou Andreas-Salomé le souligne avec insistance, et l'idée reste nouvelle : la création artistique ne relève pas de l'amour d'objet. A suivre...*

*Il sera aussi question, en passant, mais on ne doute pas que cela soit central pour elle, de Rilke et des* Élégies *de* Duino. *Elle évoquera le surgissement, dans la vie du poète, de l'Ange : « ... usurpateur de réalité, accueilli et engendré dans le sein inversé de la mère, il se trouve au centre même de l'amour, il devient un* partenaire amoureux. » *Mais tout ange est terrible, et, faisant irruption dans la vie de Rilke, avec cette douleur des* Élégies *qui durera dix ans, il achèvera de faire de cette vie une tragédie. La forme proclamait l'ultime, écrit Lou Andreas-Salomé, et elle résista, mais l'homme fut brisé. Et ainsi, simplement, sans détour, elle nous donne à sentir le danger terrifiant de ce que nous appelons, « avec un intérêt si aimable », l'esthétique.*

*Curieux voyage que nous propose la lecture de cette* Lettre ouverte à Freud, *qui à la fois lui paie splendidement sa dette et déploie ce que son auteur ne doit qu'à lui-même. Comme Freud, à sa suite, mais enfin pour son compte à elle et pour le nôtre, Lou Andreas-Salomé explore à la fois la pensée et l'affect, l'intellectuel et le pulsionnel, le conscient et l'inconscient, et nous donne à voir ces représentations, à sa propre façon, séparées mais parentes, pivotant, come elle le dit, de l'intérieur et de l'extérieur, « de manière incontrôlée autour de leur propre axe, comme une porte tournante ». Comme elle, avec lui, jusqu'à la fin de la vie.*

Marie Moscovici

# 1

Cher professeur Freud,

Sans doute vous souvenez-vous encore qu'en prenant le thé dans le Hofgarten de Munich, après le passionnant Congrès de 1913, vous m'avez parlé de votre récente pratique de la « télépathie », ajoutant, sans dissimuler une petite grimace : « S'il faut vraiment plonger dans ce bourbier dans l'intérêt de la recherche, je souhaite que cela ne se produise qu'après ma mort. » Tout en reconnaissant que Thomas Mann [1] « ne dit

1. Dans l'essai de Thomas Mann (Thomas Mann, *Die Stellung Freuds in der modernen Geistesgeschichte*, trad. fr. *Freud dans l'histoire de la pensée moderne*, Aubier-Flammarion, 1929), vous vous en tirez à très bon compte ! Mais, comme souvent dans ces cas-là (ai-je tort d'avoir cette impression ?), cela n'exclut pas un malentendu de taille. Car Thomas Mann ne se comporte-t-il pas un peu comme s'il empruntait la quintessence de la gloire et de la renommée à son double ? S'il se fait l'ardent apôtre de la raison et du rationnel, c'est seulement parce que, en tant qu'écrivain, grâce à une énorme maîtrise de lui-même, il évite toute irruption de sentiments romantiques : c'est tout du moins ce qui me semble, alors que ce que j'aime secrètement en lui, ce sont davantage ses débordements poétiques que tout ce qu'il a d'inflexible. Mais il vous fait, de façon tout à fait imméritée, le reproche de rester de marbre face à l'esprit du temps, qui, selon son diagnostic, serait un nouveau romantisme — alors que la seule chose qui vous serait difficile serait de lui céder. Car nous tous qui vous entourons savons mieux que Mann quel sacrifice cela a été pour vous

rien qui ait ni queue ni tête », vous notez, dans votre
lettre, au sujet du portrait qu'il a tracé de vous : « Il
semble avoir ébauché à moitié une étude romantique, et
y avoir ensuite, pour reprendre une expression d'ébé-
niste, apposé un placage psychanalytique. »

En ce qui nous concerne, et à l'inverse de ce
qu'avance Thomas Mann, la confiance que nous avons
dans les fondements des découvertes freudiennes est au
moins aussi grande que celle que nous éprouvons à
l'égard de ces découvertes. Ou ne dois-je parler que
pour moi ? Non ! Comme les résultats de vos recherches
ne correspondaient pas du tout à ce que vous en
attendiez, non seulement notre confiance vous a été
acquise, mais il s'est aussi établi, sur le plan humain, une
complicité qui va au-delà d'une attitude uniquement
axée sur la recherche. Ainsi étaient créées les conditions
préalables pour que nos successeurs poursuivent le
travail sur la psychologie des profondeurs. On pense là,
malgré soi, à une question généralement posée pour
plaisanter, mais que nos adversaires formulent avec une
certaine gravité : « Par qui et comment le fondateur de
la psychanalyse a-t-il été analysé lui-même, puisqu'il
considère qu'un tel processus est indispensable pour
tous les membres de la Société ? » Eh bien ! c'est
justement ce processus qui a fait de lui le fondateur :
c'est sa lutte avec ce que nous appelons dans notre
langage la « résistance », la résistance de sa nature

_____

de vous commettre si avant avec l'irrationnel, comme l'exigeaient vos
grandes découvertes. Pour nous tous, c'est justement cela l'œuvre de
votre vie et de votre esprit : que votre rationalité se soit contrainte à
mettre au jour des choses qui ne vous attiraient aucunement, et face
auxquelles — soyons francs ! — vous auriez souvent préféré adopter
l'attitude de l'ensemble des scientifiques bon teint de la fin du siècle
dernier. (N.d.A.)

envers ce qu'elle aurait aimé garder « refoulé », envers
ce qui gênait son goût, « y résistait » — et c'est de ce
conflit avec lui-même qu'est née une œuvre de génie.

D'avoir été votre premier analysant, vous avez créé la
psychanalyse.

Dès lors était conquis le terrain où l'*autre* résistance
pouvait prendre solidement pied : la résistance aux
préjugés et à la calomnie, aux sarcasmes et à l'indignation des hommes. C'est dans cette optique qu'ont été
consentis tant de sacrifices, pour une cause qui a été
outragée et mise au pilori, comme c'est généralement le
cas pour les courants nouveaux ; mais sont en outre
venues s'y ajouter, en l'occurrence, des motivations
secrètes liées à la peur et à la fuite devant soi-même,
obstacles qui « détournent manifestement l'homme de
sa propre personne et l'empêchent de se reconnaître
correctement » (Freud).

Depuis, il nous est facile à tous de faire face à toutes
les iniquités possibles et imaginables — depuis cette
exhumation de l'humain-universel découvert initialement au prix du don de vous-même et de votre matériel
personnel. Depuis, il est possible de se reconnaître soi-
même, sans prendre peur ni fuir, par autoconfession.
Mais, en même temps, cette réalité vivante accomplie
par vous une fois pour toutes a permis que, notre désir
de recherche et notre volonté de sacrifice enfin confondus, nous nous consacrions au plus beau des métiers.

# 2

A propos du plus beau des métiers, voici votre parole de médecin : « Le malade a toujours raison ! La maladie ne doit pas être pour lui un objet de mépris, mais, au contraire, un adversaire respectable, une partie de son être qui a de bonnes raisons d'exister et qui doit lui permettre de tirer des enseignements précieux pour l'avenir. »

Cette parole soustrait le malade à l'isolement où il se trouvait, comme en plein vide ; elle dissipe la honte conçue absurdement et rend possible le contact d'homme à homme. Elle fonde ce contact sur l'égalité des qualités humaines, tout en le niant au sens d'un lien individuel.

Du point de vue de l'analysant, ce lien semble toutefois fondé au niveau de l'individu, car il est vrai que toute l'analyse repose sur le « transfert ». Pour fixer le caractère particulier du transfert, vous avez attiré l'attention, pratiquement dès le début, sur le fait que les affects, tant positifs que négatifs, « transférés » par l'analysant sur l'analyste proviennent du passé affectif le plus reculé de l'analysant : il les accroche à l'analyste comme si celui-ci était un portemanteau qu'on lui tendait complaisamment ; et vous ajoutez qu'il utilise ce procédé jusqu'au bout de deux manières : d'une part, par le truchement de ses *souvenirs*, resurgis grâce à l'analyse des lieux où ils étaient refoulés, et, d'autre part, quand ceux-ci ne veulent pas émerger, à travers des actions tout à fait involontaires, positives ou négatives, qui amènent ainsi indirectement, dans une attitude agissante, le refoulé à la connaissance de l'autre.

Mais vous avez également bien montré que, dans l'ensemble, nos affects et nos attachements gardent en propre quelque chose de cette origine, que le terrain dans lequel ils prennent racine est solidaire de la couche la plus primitive et la plus ancienne de nos impressions, et que c'est en puisant dans ce passé que s'édifie aussi le présent — que le critère décisif du transfert durant l'analyse nous est donc fourni en premier lieu par la façon dont réagit l'analyste : celui-ci n'a pas à y répondre, mais à l'utiliser, à l'exploiter comme un moyen thérapeutique, même si le transfert lui-même contrarie cette démarche : soit que l'analysant, cherchant à attirer la sympathie, embellisse le matériel de ses souvenirs, soit qu'il adopte une attitude de « résistance » hostile. C'est seulement lorsque l'analysant prend une conscience croissante de cet état de choses à l'intérieur de lui-même qu'une entière collaboration est possible. Commence alors l'exploration des associations dans l'inconscient, donc du matériel qui se révèle à la fois à l'analyste et à l'analysant.

C'est ce moment du transfert qui permet d'établir une distinction valable entre la psychanalyse et des pratiques telles que la confession d'une part, et l'hypnose (dont elle est issue à l'origine) d'autre part — la première recherchant les mobiles conscients de l'action humaine pour les infléchir dans une perspective d'éducation ; la seconde visant à reproduire l'automatisme psychique, jusqu'à ce que la suggestibilité face à l'hypnotiseur ait neutralisé la conscience par surprise.

Tant de l'hypnose que de la confession, il peut passer

par erreur quelque chose dans la psychanalyse, dès qu'on n'en suit pas la méthode avec assez de rigueur, dès que le désir d'agir par suggestion, en effaçant les mouvements qui se produisent dans l'âme du patient, ne permet plus de distinguer entre ce qui relève de sa dynamique propre et ce qui lui est suggéré. Cette attitude trop interventionniste se rencontre volontiers, en dehors de toute intention délibérée, dans la mesure où prédomine, chez l'analyste, une attitude trop directive ou une compassion excessive ; car ceux « qui ont un cœur d'or » n'en font pas moins l'erreur de confondre la psychanalyse avec la charité du bon Samaritain. Mais il faut se dire que l'on peut, à l'inverse, tomber dans un excès de neutralité et d'objectivité ; c'est le cas « relativement courant — de l'analyste qui adopte une attitude essentiellement intellectuelle pour se ménager dans un métier nerveusement éprouvant ; ce faisant, il tend à oublier à quel point écouter et ressentir de l'intérieur les manifestations du psychisme de l'autre présuppose déjà une réceptivité totale de son propre inconscient, et que l' « actif » comme le « passif » doivent tous deux se conjuguer à cet effet, ce qui est impossible si nous « économisons » nos forces. L'accomplissement de cette tâche requiert rien moins que la concentration de toute notre énergie, afin que les efforts de celui qui apporte l'aide et ceux de celui qui en a besoin puissent converger précisément là où ils peuvent se rencontrer et s'aider mutuellement, simplement parce qu'ils participent de la même humanité.

Car il faut bien que nous prenions conscience d'une chose, nous tous qui sommes engagés dans ce métier, dans cette vocation : d'un cas à l'autre, notre supériorité ne porte jamais que sur deux points. Elle réside tout d'abord dans les connaissances acquises par la méthode de Freud ; ensuite dans le simple fait que nous nous

bornons à assister Münchhausen [1], qui se prend déjà lui-
même par les cheveux pour se tirer hors de l'eau, aide
dont, à tout prendre, même l'analyste le plus compétent
ne saurait se passer. Ce qui accroît encore l'importance
capitale de ce point, c'est que le patient porte en lui sa
maladie pour ainsi dire comme un second lui-même,
comme une fraction dissociée de sa personnalité, qui
perturbe sa volonté de guérison et exploite, à son insu,
par la fourberie et la ruse, ses efforts les plus conscients
pour les réduire à néant. Lors du combat intérieur que
se livre cet être hybride, il arrive au moins à comprendre
progressivement qu'il n'est pas identique à son mal,
qu'il en est seulement affligé et qu'il peut se dégager des
liens qui l'y attachent. Mais, jusqu'au terme de ce
processus de détachement, toute réaction morbide gar-
dera ce caractère de ruse perfide.

Un patient employait cette image très parlante : c'est
comme dans un miroir brisé en mille morceaux où l'on
reconnaît le visage de l'ennemi qui se reflète encore tout
entier dans le dernier éclat. Jusqu'au moment où la
haine contre cet intrus se sera concentrée pour devenir,
dans le bonheur de la guérison, une colère sans partage,
là où, auparavant, régnaient passivité et laisser-faire.
Car avec les souvenirs libérateurs remonte aussi le
souvenir des angoisses primitives, sur le caractère inéluctable desquelles s'est fixée la névrose ; ces angoisses
primitives apparaissent, au regard de la réalité maintenant mise au jour, comme des spectres terrifiants.

Voici ce que disait encore, à ce sujet, un patient, que
ces considérations nouvelles bouleversaient fortement :

1. Baron de Münchhausen (1720-1797) : un personnage légendaire
à qui on prête maintes aventures imaginaires. Ainsi, un jour qu'il était
tombé dans un étang, il empoigna sa chevelure pour se sortir de cette
situation inconfortable.

penser qu'un tel monde se profile derrière l'homme, derrière chaque individu, lorsque, totalement désemparé, il affronte les premières expériences de sa vie, avant que se décide s'il pourra les assumer sans tomber dans la névrose, voici qui, selon lui, jette les bases d'une connaissance des phénomènes humains susceptible d'élever chaque individu au-dessus du commun, quelque impression qu'il puisse nous donner par la suite de sa banalité.

En effet, la psychanalyse, me semble-t-il, est liée tout aussi indissociablement à l'acte de décomposer l'individu strate par strate, fibre par fibre, qu'à celui de le faire accéder à une signification fondamentale, au-delà de la honte comme de l'orgueil ; cette signification, même la maladie ne la remet pas en question, elle ne fait, au contraire, que la confirmer. Ce n'est certes pas un hasard si la voie de la psychanalyse a été ouverte par un médecin. Avant vous, des psychologues prenaient comme point de départ presque exclusif ce qu'il est convenu d'appeler l'homme sain, ou bien on assimilait le pathologique au mystique. La plupart du temps, c'était à peu près comme si, resté sur la rive, l'on échangeait des propos sur les poissons nageant dans un cours d'eau, sans les voir : soit qu'on en fasse le sujet d'une fable philosophique, soit qu'on en pêche un pour le jeter, mort, avec les autres prises destinées à être méthodiquement disséquées. C'est maintenant seulement que l'on détache le poisson de l'hameçon, et que l'examen de sa blessure, susceptible d'être pratiqué comme sur un corps mort, nous donne cependant des indications sur l'être vivant qu'est le poisson, avant qu'il soit replongé dans son élément.

Selon moi, l'application générale à notre pratique des concepts de déterminisme et de causalité lui a fait faire un progrès considérable. En déclarant que la psychanalyse tiendrait, ou tomberait, sur la question du déterminisme, vous vous êtes exprimé clairement sur ce point. Mais, par suite, l'examen psychanalytique s'est développé sur deux plans : l'application d'une méthode rationnelle du diagnostic au phénomène isolé, et, simultanément, la découverte constante de déterminations fondamentales, le rattachement à la totalité de l'être vivant, quelle que soit la profondeur à laquelle il se laisse appréhender par la méthode rationnelle. C'est ce qui avait dû s'imposer à vous lorsque, explorant le monde des rêves, vous aviez été frappé de voir à quel point, d'une strate à l'autre, dans les configurations de détails qui changent à chaque état du rêve, l'enchaînement causal était « surdéterminé », causes et effets se croisant à une profondeur toujours plus grande ; la matière fournie est à proprement parler inépuisable, même pour le travail d'interprétation de toute une vie d'homme. Mais qu'anticipiez-vous là, avec votre concept de « surdétermination » ? Le courant qui, depuis, dans la pratique scientifique, a remplacé la « série causale » par le « conditionnalisme », pour arriver ensuite à la conception selon laquelle c'est seulement en se donnant arbitrairement un système clos qu'on pouvait parvenir à en reconnaître les déterminations. Car, en voyant s'accroître de jour en jour le nombre des phénomènes extérieurs, maîtrisables par la pensée logique, que la science prend en compte, avec les applications qui en résultent, nous pouvons penser que notre expérience de ces phénomènes est susceptible de s'étendre à des domaines encore inexplorés, aussi loin que s'approfondit notre expérience des phénomènes psychiques.

Mais voilà pourquoi il en résulte pour nous, psychanalystes, la nécessité de soumettre le maniement de notre technique et de notre méthode à des conditions aussı rigoureuses que possible, comme dans le cas des sciences de la nature. C'est en nous en tenant uniquement aux résultats de notre induction que nous nous gardons des hypothèses subjectives et de leur caractère irrecevable et hasardeux lorsqu'elles tentent de s'introduire dans la science, ou qu'elles la mêlent au libre cours des impressions vécues, dont elles perturbent la totale spontanéité. Nos adversaires, ou simplement ces gens « bien disposés » à notre égard qui aiment tant mettre en avant leur vision synthétique et verraient bien en elle le couronnement de la psychanalyse, ne font qu'en altérer la pureté en s'y associant à titre de conseillers en matière de pédagogie, de morale ou de religion. Au lieu de s'accorder ce crédit avec une telle suffisance, ils feraient mieux de se fier à un malade vraiment guéri, qui, sans le savoir, est plus au fait qu'eux : comme le poisson rendu à son élément, il n'a pas besoin qu'on lui trace son chemin dans l'eau et n'est arrêté que dans un élément étranger. Et encore fais-je ici abstraction de la manière dont on le fait renouer ainsi avec la cause de sa maladie, dont il vient juste de se débarrasser : la sujétion dans laquelle le maintenait son infantilisme.

Il est normal — c'est à juste titre que vous avez attiré l'attention sur ce point — que le souvenir de l'analyste finisse par s'estomper dans l'esprit du patient, de même que l'homme guéri cesse de prendre régulièrement son médicament. En revanche, j'ai peine à imaginer la réciproque : il serait difficile à l'analyste, je pense, d'oublier celui qui fut son analysant, justement en raison du spectacle unique qu'il lui offrit. Car, à y regarder de plus près, où réside la singularité de toute situation psychique ? Dans le fait que c'est à l'intérieur de cette situation seulement que s'offrent à notre recherche des matériaux qui touchent de si près à l'intimité et à la vie qu'ils échapperaient même à l'ami le plus proche ; et c'est pourtant à nous qui lui accordons une attention purement scientifique que se découvre la profondeur de notre nature humaine, comme si elle s'ouvrait à la connaissance de soi.

Il s'agit donc du résultat de la double action de donner et de prendre : le but de la recherche ne peut être atteint que sur la base d'une rencontre d'homme à homme, et cette rencontre n'est, de son côté, que le résultat positif de l'objectivité de la recherche. Et si, au terme de son travail, lorsque celui-ci s'achève sur un véritable succès, l'analyste voit son patient à l'instant du départ, devant la porte ouverte qui le ramène à la vie et à la lumière du jour, il doit bien se poser cette question en son for intérieur : « Aurais-tu été capable, toi aussi, de surmonter ces épreuves, y serais-tu parvenu ? », d'autant plus qu'il a bien dû se rendre compte que les conditions réunies pour précipiter un individu dans la névrose sont à chercher bien souvent dans d'infimes vibrations d'amour-propre ou dans des réactions du psychisme surmené. Voilà pourquoi le dernier salut qu'ils échangent, à l'instant de la séparation, est empreint du respect le plus grave que l'homme doive à son semblable.

Mais savez-vous ce que cela m'évoque irrésistiblement ? Une conférence que vous avez tenue pendant le semestre d'hiver de l'année 1912. Là, après avoir analysé pour nous un cas de névrose, à plusieurs reprises, en remontant jusqu'à son origine, strate par strate, soudain, sans effort, presque comme on fait sortir un gâteau de son moule en le retournant, vous l'avez fait en un tournemain surgir devant nos yeux dans sa totalité intacte. Ce qui, en cet instant, me bouleversa, moi, et nous bouleversa tous, ce fut cette sensation, cette certitude, qui s'imposa d'emblée sans que vous l'eussiez le moins du monde cherchée : la vie humaine — que dis-je, la Vie ! — est œuvre poétique. Sans en être conscients nous-mêmes, nous La vivons jour après jour, par fragments, mais c'est Elle, dans son intangible totalité, qui tisse notre vie, en compose le poème. Nous sommes loin, bien loin de la vieille phraséologie « faire de sa vie une œuvre d'art » (de cette contemplation de soi dont le plus sûr moyen, en fait le seul, de guérir est la psychanalyse) ; non, cette œuvre d'art qu'est notre vie, nous n'en sommes pas l'auteur.

Souvent, déjà, cette idée s'était imposée à mon esprit, mais c'est à partir de là que j'ai compris avec une clarté parfaite pourquoi le contre-transfert que l'analyste opère sur l'analysant, la nature de l'intérêt qu'il lui porte présentent une analogie surprenante avec le rapport qu'entretient le poète avec ses créatures. Je parle de ce degré d'objectivité, de neutralité que conserve l'artiste tout en se donnant sans réserve, de l'attitude tout entière fondée sur le sentiment latent, obscur, que nous sommes égaux à l'intérieur de notre condition d'homme et qui, pour cette raison, ne se trouve pas affectée par la question de savoir si ce qui se crée prend telle forme que l'artiste, interrogé sur ses préférences personnelles, rejetterait, si ce qu'il s'attache passionnément à dévoiler et à fixer de cette forme ne présente pas manifestement des traits repoussants. Quant à nous, en dehors de toute considération de cet ordre, il nous reste cette solidarité qui nous lie, en dehors de tout affect : c'est ce qui fait, par exemple, que, dans notre indignation, nous sauterions volontiers à la gorge de qui oserait dire qu'il est dégoûté et par la créature et par la création et que la forme créée est à ses yeux tout simplement méprisable. On pourrait considérer que les deux modes du rapport à l'objet — celui de l'analyste et celui du poète — ne sont pas comparables, bien que tous deux ignorent le « souriez s'il vous plaît » du photographe, et qu'ils soient tous deux capables, avec la même confiance, de se plonger dans la situation intérieure d'un homme, quelle qu'elle soit, comme s'il y avait dans tous les cas adéquation parfaite avec la leur propre ; on pourrait s'irriter de l'opposition irréductible qui existe entre ces deux méthodes, l'une poussant au plus loin l'analyse, l'autre, la synthèse. Et cependant, cette opposition ne signifie pour l'essentiel qu'une chose : dans un cas, c'est l'envers du tissu que l'on considère, l'œil s'attachant aux fils isolés, aux lignes qu'ils suivent, à leurs entrelacs, aux points où ils se nouent ; dans l'autre, c'est l'endroit du tissu, en s'attachant à l'impression qui se dégage du motif d'ensemble.

La névrose n'est pas le seul cas où le « motif à l'endroit », l'impression d'ensemble, reste partiellement invisible) ; il est aussi une forme de santé qui empêche de le voir complètement : c'est l'état de l'individu qui est resté en deçà des possibilités de son être et se déclare ainsi satisfait. Il n'est pas rare, par exemple dans des « analyses didactiques », lorsque l'on recherche le point le plus personnel à partir duquel peut se développer concrètement l'« enseignement », de poser à quelqu'un la question : « N'es-tu pas resté en trop bonne santé ? », au lieu de celle qu'on attendrait plutôt : « Quelle fut la cause de ta névrose ? » Et là, à la place des deux « résistances » que l'on rencontre habituellement dans l'analyse — fixation à l'instance refoulante et fixation aux symptômes-retour du refoulé — nous pouvons faire l'expérience d'une troisième résistance, parfaitement légitime, nous semble-t-il en un premier temps, tout comme chez l'intéressé le souci de préserver jalousement sa santé : ne met-elle pas en jeu la répugnance à admettre que l'on pénètre par effraction dans son petit univers bien cloisonné en bouleversant l'ordre irréprochable de ses affaires, et n'est-ce pas, dans une certaine mesure, s'en prendre à l'intégrité de sa personne ? Il s'agit là de cette crainte inavouée qui nous prend à l'idée que, les habitudes timorées derrière lesquelles nous nous sommes retranchés bien trop tôt, on puisse en quelque sorte les éclairer par transparence en projetant l'ébauche d'un édifice bien plus vaste, bien plus grand que notre plan étriqué ne le prévoyait ; penser que la forteresse de nos habitudes pourrait être ébranlée si nous nous hasardions dans un espace où les limites ont reculé plus loin que nous n'avions jamais osé aller !

C'est pourquoi il y a bien une distinction à établir entre ce qui est sain et ce qui l'est trop, si nous ne voulons pas encourager une interprétation erronée et nous voir reprocher parfois de surestimer la guérison, alors que certains états morbides offriraient les possibilités les plus fécondes. Malade signifie pour nous perturbé dans son fonctionnement, mais l'on peut donner une mauvaise définition du mot « sain », si on le comprend comme ce qui est amputé d'une partie de sa substance, mais intact pour ce qui en reste. Ce qu'on a coutume de nommer l' « homme de masse » et d'opposer aux individus éminents qui s'en distinguent ne coïncide pas avec ce concept. L'homme dont l'évolution individuelle a été entravée par des circonstances extérieures peut parfaitement avoir gardé accès à son fonds primitif, c'est-à-dire à cette énergie vitale créatrice qui jaillit en lui de l'inconscient ; par ailleurs, l'être le plus évolué peut avoir dédaigné cet accès, estimant cette voie nuisible à l'accomplissement de son destin, façonné par la raison et par l'action. En se contentant de tirer parti des forces qui nous sont communes à tous et de les combiner consciemment, au lieu de s'abandonner à sa propre nature profonde, il apparaît comme un être amputé d'une part importante de lui-même, malgré tous ses succès de façade.

Lorsqu'une analyse a été pleinement efficace, elle

confère une plus grande intensité à la vision qu'acquiert
l'homme guéri de ses propres possibilités créatrices. Ce
qui se réalise, dans ce retour à lui, c'est le retour à
quelque chose qui est bien lui-même, mais qui le
dépasse de beaucoup : c'est une force qui s'élève en lui
et prend forme, pour devenir, à partir des zones les plus
oubliées ou les plus familières, essor vers une existence
qu'il vivra en propre. Voilà pourquoi ce qui se manifeste
en nous est tout autre chose qu'une simple intention ou
une décision, autre chose que la simple compréhension
des causes de la maladie ou seulement leur condamna-
tion — non, dans cet essor, il faut que l'explosion de
l'instinct libéré se métamorphose en nouvelle extase
amoureuse. C'est de propos délibéré que je choisis cette
expression percutante : guérir est un acte d'amour.
Rentrer en soi, c'est tout d'abord retourner chez soi
avec le sentiment d'être accueilli, comblé dans la totalité
de notre être ; c'est ensuite y trouver une force qui vient
de nous et nous pousse à agir, au lieu de rester replié sur
nous-mêmes et d'avancer sans but. La psychanalyse n'a
rien créé — au sens d'inventer quelque chose qui
n'existait pas —, elle n'a fait qu'exhumer, découvrir,
dévoiler, jusqu'au moment où — comme une eau
souterraine que l'on entend à nouveau couler, comme le
sang comprimé que l'on sent à nouveau pulser — la
totalité vivante peut se manifester à nos yeux. La
psychanalyse n'est rien d'autre qu'une mise à nu,
opération que l'homme encore malade évite parce
qu'elle lui arrache son masque, mais que l'homme guéri
accueille comme une libération ; quand bien même,
revenu à la réalité extérieure, laquelle entre-temps est
demeurée inchangée, il se trouve assailli de difficultés :
car, pour la première fois, c'est la réalité qui vient
rejoindre la réalité, et non un spectre un autre spectre.

## 3

Vous allez, j'imagine, trouver bien emphatique le ton que je prends pour parler des succès auxquels peut prétendre une analyse menée à bien (j'entends : sans réduction du temps nécessaire à son achèvement, et sans défaillance de la volonté de guérir). Et pourtant, ce que j'avance là est fondé sur ce que vous avez établi : toute analyse devrait atteindre, pour être l'occasion d'une régénération psychique, ce substrat primitif en nous-mêmes que vous avez baptisé du nom de « narcissique » : c'est l'ultime frontière encore discernable qui délimite notre identité permanente, et au-delà de laquelle « notre analyse grossière » ne suffit plus. Ces idées, dont vous m'avez entretenue de vive voix en 1912, vous les avez exposées ensuite dans *Pour introduire le narcissisme,* opérant ainsi une percée décisive pour la poursuite de la recherche en psychanalyse ; toutefois, j'ai eu constamment l'impression que l'on n'en avait jamais tiré un parti suffisant, pour la bonne raison que nos auteurs, la plupart du temps, définissent de façon trop approximative le narcissisme comme « amour de soi ».

Comme je m'en plaignais, vous me faites une concession : il se pourrait, m'écrivez-vous, que l'on n'opère pas une distinction assez précise entre amour de soi conscient et inconscient. Mais, justement, n'est-ce pas là

toucher implicitement au point où le « soi » se retourne
en son contraire ? C'est-à-dire le point où l'amour de
soi, encore indifférencié, est englobé dans un tout
originel, auquel il est relié, comme l'embryon, par un
cordon ombilical. Cette relation indestructible, dont les
effets persistent à l'arrière-plan de nos stimulations
pulsionnelles conscientes — il est impossible de ne pas y
reconnaître la racine profonde de notre dimension
corporelle : notre corps propre, inaliénable, « extérieur », à quoi pourtant nous sommes identiques —, a
rendu nécessaire l'introduction du terme de narcissisme.
Dans le domaine physique, on a tôt fait de confondre
« amour de soi » (dans l'acception habituelle du terme)
avec un amour qui englobe tout en un, sans isoler
encore le soi comme individu, puisque, dans la représentation que nous avons de notre corps, intérieur et
extérieur sont pris constamment dans un rapport dualiste. N'est-ce pas ce qui vous a amené, pour figurer le
narcissisme, à employer l'image des monères, qui émet-
tent des pseudopodes et ne cessent de les résorber dans
leur propre masse protoplasmique — de même que,
avant chaque nouvel investissement objectal, nous
reprenons notre libido en nous-mêmes comme en un
réservoir où il n'y a pas encore de clivage entre monde
du sujet et monde extérieur. (Je ne peux m'empêcher
d'intercaler au passage une glose hérétique : pour parler
franc, vous auriez avantage, semble-t-il, à tirer tout le
parti possible du concept de narcissisme, pour faire
l'économie du « ça », que vous avez introduit postérieu-
rement et que je n'aime pas beaucoup. Car, avec le
« ça », on perd l'image d'une frontière de notre identité
et l'on va s'égarer dans les définitions philosophiques : il
y aura bientôt autant de définitions du « ça » que de
philosophes, ce qui, pour la psychanalyse, est source de

confusion, comme si nous venions nous asseoir en surnombre à une table.)

Pourquoi n'accorde-t-on jamais au narcissisme primaire toute l'importance qu'il mérite ? L'une des raisons, à mon avis, réside dans l'attitude qui nous fait involontairement envisager le stade de la conscience de soi, auquel nous parvenons ultérieurement, sous l'angle unique d'un progrès, d'une conquête sur l'état originel. Pourtant, ce stade, comparé à l'ancien état, implique nécessairement une atteinte à notre intégrité, atteinte dont nous ne mesurons pas réellement la profondeur. Au terme du processus d'individualisation, arrivés à la pleine conscience de nous-mêmes, nous ne serions pas seulement grandis, étoffés, pour ainsi dire enrichis dans notre substance, mais nous aurions aussi subi une déperdition, dans une réalité indivisible. Isoler son objet, le prendre pour lui-même, c'est toujours, de façon équivoque, le détacher et le mettre à l'écart. Il importe de garder ce point particulier à l'esprit, d'autant plus que, comme on le voit, le narcissisme, concept limite, doit assumer une double fonction tout au long de l'existence : il apparaît aussi bien comme le réservoir, le substrat de toutes les manifestations du psychisme, jusqu'à la plus individualisée ou la plus subtile, que comme lieu de toute rechute, de toute tendance à la régression, du stade de développement du moi à celui de ses manifestations primitives, par fixation pathologique au stade infantile. On peut établir une comparaison avec nos organes : quel que soit le degré de différenciation atteint par ceux-ci, ils gardent une réserve de protoplasme d'où ils tirent ce qui les maintient en vie, mais c'est d'autre part dans l'aptitude à se différencier jusqu'à l'extrême que se manifeste leur vie. N'est-ce pas là aussi la tâche spécifique de la psychanalyse, la condition de sa réussite dans la pratique, que de plonger

dans le même fonds « narcissique » pour livrer combat
au pathologique, aux formations régressives dans le but
de libérer l'énergie vitale créatrice ?

Au-delà de ce qu'on peut appréhender comme identité permanente en suivant les manifestations narcissi-
ques qui en délimitent la frontière, le vécu psychique se
dérobe déjà à notre contrôle conscient, pour se dissimuler dans des processus de nature biologique — c'est-à-
dire : à partir de là s'opère pour nous un renversement,
au terme duquel ce que nous qualifions de psychique
nous est désormais inaccessible en tant que tel ; nous
pouvons seulement l'étudier de l'extérieur, comme
corps qui fait face à notre conscience. Il n'est qu'un cas
où nous pouvons nous imaginer que ce renversement est
pour nous tangible : comme traduction en excitation
psychique de ce qui est pourtant, en même temps,
appréhendé comme processus physiologique, c'est-à-
dire dont on peut suivre le déroulement « de l'extérieur » : c'est l'acte sexuel. N'est-il pas étrange que les
détracteurs de Freud se répandent ici en ineptes cla-
meurs contre une prétendue surestimation de la sexualité ? Pour gravir une échelle, ne faut-il pas commencer
par en inspecter les échelons à partir du sol sur lequel
elle est posée ? donc du point où échelle et sol sont
encore pour ainsi dire sur le même plan ? Vous pouvez
bien considérer les manifestations les plus « inspirées »,
l'échelle tout entière n'en bascule pas moins lorsqu'on
l'écarte du sol où elle prend appui (à moins qu'il ne
s'agisse de la fameuse échelle de Jacob). Peu importe
alors à quel degré de « sublimité » ou de trivialité on
s'est situé pour entreprendre la recherche. Dans ce cas,
contrairement à l'usage courant — fort louable par
ailleurs — qui est de commencer par définir convenable-
ment les objets dont on va parler, il serait préférable de
mélanger les étiquettes (de même que les échelons

restent des échelons, et sont ainsi interchangeables), que l'on parle de sexualité, de volupté, de sexe, d'Éros, d'amour, de libido ou d'autre chose du même genre.

Ce qui constitue l'être corporel, séparant la chose de la chose, la personne de la personne, tient dans ce « secret manifeste » d'être par excellence le principe d'unification des processus internes et externes : notre propre corps n'est en effet rien d'autre que la part d'extériorité la plus proche de nous, inséparable de notre intimité, de notre identité ; mais nous en sommes aussi coupés, au point qu'il nous faut apprendre à le connaître et à l'étudier de l'extérieur comme tout autre objet. Ainsi, dans nos relations d'objet, il est à la fois le champ de séparation, qui nous coupe de tout le reste, et le lieu de rencontre avec toute chose — ce qui délimite notre individu et le fond avec tout le reste — jusque dans notre formule chimique, par laquelle nous sommes assimilés à l'inorganique, étant constitués des mêmes éléments.

Notre être physique se trouve de ce fait placé au centre de toute l'activité amoureuse dans le champ des objets, au carrefour des pulsions qui nous font briser notre isolement, franchir les limites de notre propre corps, pour nous relier à toutes choses, dans l'universelle parenté des corps, exactement comme si se conservait dans notre être physique le souvenir primitif de notre identité à tous, dont les pulsions amoureuses qui nous jettent l'un vers l'autre constitueraient les vestiges. Mais, d'autre part, se développe en chacun de nous une hostilité à l'égard du corps, par suite de la résistance qu'opposent les tendances primitives à la constitution du moi propre ; or celui-ci, en tant que personne bien définie, s'accorde aussi quelque valeur et ne tient pas du tout à être bousculé et à renoncer à lui-même dans l'union. Ce rapport équivoque à l'être corporel, cette

« ambivalence » caractéristique de notre comportement psychique a été bien vue par notre vieil ami et contradicteur Bleuler[1], créateur du terme ; même sans vouloir donner à l'explication une connotation « éthique », un tel principe d'inhibition est inscrit dans notre constitution, comme rempart contre les agressions. Car, de quelque nom que l'on désigne ce que l'on redoute là — ivresse des sens, triomphe d'Éros, puissance de l'amour ou aiguillon de la volupté —, il n'en reste pas moins en tout cas que cette force participe de l'inconscient, d'où un déchaînement de violence contre les fortifications de la conscience du moi.

Rien n'apparaît plus caractéristique à cet égard que la présence simultanée, aux stades précoces de notre sexualité, d'une composante passive et d'une composante active : l'une de soumission, et l'autre d'agressions sous forme de défense ou de tentative d'emprise ; on observe ainsi une bipolarisation de ce qui s'épanouit en fait de pulsions partielles rattachées aux zones érogènes du corps (point établi par vous et développé ensuite par Abraham, qui a réalisé un travail irremplaçable). Tout se passe comme si le mode d'organisation du stade où tout est contenu sans différenciation dans l'inconscient cherchait encore à s'imposer au moment du passage dans le conscient, tout au moins sous forme de la combinaison d'opposés fondamentaux (comme dans le cas le plus particulier, celui du sadomasochisme, qui associe curieusement des noms de personnes).

C'est pourquoi, si Jung, dans sa critique, visait tout particulièrement les « pulsions partielles » freudiennes, comme si vous retombiez dans la vieille psychologie d'école avec ses « facultés » indépendantes les unes des

---

1. Psychiatre suisse (1857-1939) qui forgea le terme de « schizophrénie ». C'est lui qui initia Jung à la pensée freudienne.

autres, on peut estimer, à l'inverse, que rien n'est plus éclairant que le déploiement, la diversification de cette poussée primitive qui vient se fixer sur les zones particulières du corps — de même qu'une ultime manifestation d'amour provient de toute la périphérie du corps avant de se concentrer, au stade de la maturité physique, dans un réceptacle spécifique, chez l'individu autonome. On croit voir, au stade primitif, toute l'enveloppe de peau qui revêt notre corps se tendre de désir nostalgique, chercher à retrouver, après l'arrachement de la naissance, le prolongement du sein maternel, lieu où elle n'avait pas encore besoin de la poussée de pulsion pour être incorporée au tout ; la volupté orale se nourrit elle-même en tétant le lait maternel — c'est encore un moment de véritable auto-érotisme, avant que, au stade de la percée des dents, l'emprise ne se fasse plus agressive, avec le pressentiment de l' « Autre » —, comme une partie que nous possédions en propre et qui, injustement, nous a été arrachée ; dans la maturité amoureuse, nous revenons avec prédilection à cette « jouissance préliminaire » attachée à la zone orale : comme dans les rites de tribus ancestrales, où la dimension charnelle s'allie au symbolique, et le cannibalisme au culte rendu au sacré.

Ce qui est extraordinaire, à ces stades de la sexualité infantile en général, c'est que le physique et le psychique restent encore très imbriqués ; il en est ainsi parce que manque chez l'homme, qui ne sait encore pratiquement rien de lui-même, l'instance qui, plus tard, dissocie « les deux âmes dans sa poitrine » : la réprobation. Je m'en suis particulièrement rendu compte en observant la pulsion sexuelle qui tombe le plus tôt sous le coup de la réprobation : la pulsion anale. Les dénominations injurieuses sont reprises pratiquement tout au long de l'existence, pour réprouver tout acte immoral : ainsi

« déjection », « saleté », « qui donne la nausée »,
« abject », « croupissant dans une odeur infecte », etc.
Ce faisant, on ne prend pas garde — et cela manque
souvent de nous arriver à nous aussi — que l'expérience
anale représente aussi un apport positif, une étape
importante capitale, dans la perspective de notre rapport intellectuel au monde. Dans la lutte pour l'appren-
tissage de la propreté, le petit enfant éprouve ses
excréments comme quelque chose qui est dehors,
comme des objets étrangers, qui sont éloignés, rejetés,
et qui sont pourtant lui-même, partie intégrante de lui-
même, qu'il voudrait garder en lui et autour de lui ; dans
cette expérience de la distinction et du rapport à soi, il
apprend que, au lieu de la confusion auto-érotique, le
passage est possible entre l'intérieur et l'extérieur,
justement en les distinguant : l'impulsion est ainsi
donnée à l'activité de notre esprit pour toute la durée de
notre vie — nous apprenons à saisir l'interaction existant entre les distinctions toujours plus poussées et la
force instinctive qui enserre dans une même étreinte le
monde qui nous fait face et nous-mêmes.

A partir de là, la problématique éternelle du sujet et
de l'objet n'aboutit donc pas seulement aux spéculations
des adultes, mais s'incarne encore dans l'expérience la
plus riche de notre vie émotionnelle : dans la glorieuse
aptitude de la mère à éprouver l'enfant qui est né d'elle
comme partie d'elle-même et en dehors d'elle-même —
source ultime de tout attachement, comme pour nous,
êtres de conscience, source de chaque acte qui nous fait
appréhender intellectuellement le monde qui nous fait
face, le délimiter en fonction de l'étroitesse de notre
individu.

Si les phases de la sexualité précoce — telles que le
désir de préhension, la pulsion orale d'incorporation, ou
la pulsion anale d'évacuation — sont toutes orientées

vers leur objet, il existe encore une autre direction du comportement infantile, distincte des autres : elle se caractérise, d'un côté, par une organisation génitale, à un stade précoce, alors que celle-ci ne se réalise pleinement qu'à la puberté en trouvant son objet ; et, d'un autre côté, par un retour partiel à l'auto-érotisme, alors que celui-ci, au stade le plus primitif, cesse de se refermer sur soi. Ainsi, nous commençons à comprendre pourquoi, dans le passé, une réprobation unanime s'attachait à la pratique de l'onanisme, bien plus durement condamnée que toutes autres formes de jouissance chez l'enfant — il est vrai que ces dernières se prêtaient mieux à la dissimulation, du fait même de la diversité de leurs techniques ; néanmoins, on n'était que trop disposé à fermer les yeux dans ces cas-là. Car il faut bien remonter jusqu'à l'Antiquité pour trouver une doctrine (comme celle que vous avez signalée) qui célèbre la pulsion amoureuse en tant que telle et non pas spécialement en fonction de son objet, de la fidélité due au partenaire, des sacrifices consentis pour lui ; au total, sans se référer en même temps à une éthique qui aboutirait, dans le débat sur l'amour, à établir un antagonisme absolu entre « chair » et « esprit ».

On y met un tel acharnement, lorsque l'on débat le problème de l'onanisme, que la distinction n'a même pas été faite entre les différentes orientations qu'il peut prendre — par exemple l'excitation masturbatoire d'origine physiologique, observée au stade de la prime enfance, ou bien la masturbation à laquelle on a recours passagèrement comme à un expédient pour compenser les échecs qui affectent la réalité de notre existence, ou bien encore l'onanisme proprement dit, qui consiste à privilégier comme but sexuel la masturbation et non la relation de partenaire, ce qui a généralement des soubassements pathologiques. Tandis que dans ces trois

cas seul l'excès est vraiment dommageable (il est vrai
que, sans partenaire, on est particulièrement exposé à
ce danger), ce sont, comme on le sait, la menace et le
châtiment moralisateurs qui causent les véritables dommages, en suscitant des réactions de culpabilité et
d'angoisse qui peuvent avoir des effets néfastes bien au-
delà de l'épisode dont on a exagéré la portée. L'enfant
est alors assailli par des sentiments de culpabilité et
d'angoisse, dont l'intensité surprenante, inconnue en
toute autre circonstance où il est menacé de punition,
nous fait comprendre que cette activité infantile, tom-
bée sous le coup de la réprobation, met en jeu quelque
chose d'essentiel : les fantasmes qui l'accompagnent.
Dans le conflit qui oppose notre croyance infantile dans
« la toute-puissance de nos pensées » à la réalité qui
n'en tient pas compte et nous inflige ainsi des désillu-
sions, un rôle de compromis revient au fantasme, apte à
accueillir et à éprouver la réalité de la menace du
châtiment tout autant que l'ardeur à conquérir malgré
tout l'objet du désir.

Mais ces deux expériences sont vécues avec une
violence qui ne se rencontre que dans les excitations
précoces, dont le caractère passionnel n'a pu encore se
tempérer par la confrontation avec le domaine de
l'action et du raisonnement. Chez le petit enfant seulement, il est possible de trouver encore cette perméabi-
lité entre réalité et imagination ; plus tard, c'est tout au
plus l'artiste-né qui en renouvelle l'expérience, puisant à
cette source pour édifier la réalité onirique de son
œuvre, ou alors c'est le malade qui y retombe pour s'y
noyer.

Je me rappelle la vieille discussion dans laquelle vous
vous opposiez à C. G. Jung : le problème (qui a été
soulevé dans *la Névrose infantile*) était d'établir si les
premières réminiscences sexuelles se rapportaient à un

événement vécu ou à un fantasme ; il n'y a pas — c'est la conviction qui s'était alors imposée à mon esprit — à choisir entre les deux, mais à saisir leur interaction, l'un conditionnant l'apparition et même la possibilité de l'autre. C'est uniquement chez l'enfant que sont conservées assez de traces de la « confusion auto-érotique », stade où la distinction est peu marquée entre ce qui est perçu sur le mode de la réalité et ce qui est incorporé à un univers fantasmatique. Le monde qui entoure l'enfant, le seul qui soit en contact immédiat avec lui, s'offre à ce double mode d'appréhension avec une intensité aussi forte que si l'enfant rassemblait encore en lui le sens total de l'univers inconnu ; le parent aimé s'exalte de toute la dimension du rêve — hallucination dont, plus tard, notre relation à l'être aimé, devenu pour nous, dans l'exubérance de notre amour, l'alpha et l'oméga, ne peut donner qu'un pâle reflet — mais, par ailleurs, il incarne la réalité, dans sa pleine dimension, qui fond sur l'enfant pour l'attirer en soi.

C'est à l'épreuve de la désillusion seulement que, dans les faits, l'écart se creuse progressivement entre processus psychique et événement extérieur. L'objet d'amour est voué au rêve et rapporté à la réalité : on ne peut penser assez cette double orientation, si l'on veut se représenter cet état premier de plénitude, antérieur aux déceptions de l'existence, lesquelles nous rendent si avisés par la suite.

C'est à l'un de ces moments, à l'aube de la vie consciente, que se vit le complexe d'Œdipe, qu'il prend, à l'insu de tous, la dimension d'un fait accompli ; le glissement au domaine de l'irréalisable — on aurait envie de dire : le passage de la clandestinité nocturne au grand jour — doit compter parmi les étapes de l'enfance qui ont le retentissement le plus fort sur toute l'existence ultérieure. Le contraste entre l'obscurité, à la faveur de laquelle il s'était pour ainsi dire réalisé tacitement, et la lumière crue du plein jour dont il se trouve maintenant éclairé doit causer à l'enfant, pris entre ses parents ou ses éducateurs, un bouleversement inexprimable ; et c'est pourquoi aussi cette expérience reste « inexprimable », enracinée dans deux mondes, ensevelie dans le silence, jusqu'à ce que, toujours informulée, elle échappe à l'enfant pour glisser dans le « refoulement » qui apaise tout ; cela d'autant plus tôt que les parents auront pris plus de soin à refouler ce par quoi ils sont passés aussi autrefois et qui est devenu « ce dont on ne parle pas ».

Chaque enfant renferme le secret d'un « passé » dissimulé, plus inavoué encore que tout ce que l'on tente d'oublier, ou que l'on s'efforce de se nier à soi-même par la suite. Cet événement constitue la mise à l'épreuve décisive de la santé psychique : tout ce qui va suivre se joue sur la possibilité de s'accorder les satisfactions secrètes, les premiers actes d'amour, l'étreinte décisive avec l'existence, et sur la possibilité, malgré tout, de remplacer ces bonheurs trop éphémères et d'adopter, avec le temps, une attitude plus conforme aux exigences du moi, en orientant son énergie vers l'adaptation au monde extérieur et à ses semblables. C'est à ce point que se décide la maladie ou la santé pour toute l'existence : soit le sujet reste fixé au stade infantile au lieu de poursuivre son évolution vers l'âge adulte, soit cette expérience vécue au stade infantile le rend apte à surmonter toutes les épreuves ultérieures.

Pourtant, même s'il a échappé à ces dangers, un homme ne voit pas échouer son rêve de toute-puissance sans que le visage de son âme n'en garde l'empreinte de la résignation, de la soumission par raison — soumission à la condition humaine ! Mais c'est ce qui nous apprend à comprendre le malade, même si, chez nous, semblable

blessure, refermée, n'a laissé qu'une trace, une cica-
trice, et non pas une plaie qui se rouvre constamment.
Si, chez les enfants, nous y avons été, autrefois, trop
rarement attentifs, il faut dire que, chez les petits
enfants, ce sont surtout les manifestations du corps qui
sont intelligibles, alors que leur vie psychique reste
encore à découvrir ; de ce fait, nous avons tendance à
minimiser leurs souffrances et leurs désirs archaïques. Il
nous est d'autant plus facile, par contrecoup, d'exagérer
chez l'adulte la part démoniaque, bien que le « dai-
mon », encore à l'œuvre dans l'être en devenir, soit
corrigé par la pensée pragmatique et logique : c'est-à-
dire que ce que vit l'adulte est déjà *secondaire*. Car,
dans l'état de pleine conscience, nous vivons comme au
pied de gigantesques formations géologiques, qui sont le
résultat des premières poussées monstrueuses de
l'écorce terrestre, et qui, ensuite, fragmentées et ordon-
nées, ont formé le relief que nous connaissons, contre-
forts rocheux, lacs, forêts et chemins.

Seul celui qui s'est égaré dans le chaos de l'ère
primaire, dans les glaciations primitives des massifs
montagneux, en *sait* encore quelque chose — sans
pouvoir le communiquer. Mais la qualité de l'éclairage
que reçoit notre paysage à dimensions humaines est
encore entièrement déterminée par ces masses géantes,
que le regard suit jusqu'à ce qu'elles aillent s'évanouir
dans l'infini, semblables à des nuées qui ont l'inconsis-
tance du rêve. Faire de l'idylle innocente ou de l'action
utilitaire l'axe unique de son existence, c'est se faire
illusion à soi-même ; vivre intensément notre existence
secondaire d'être conscient, c'est déjà vivre face au
massif qui la domine et l'embrasse dans sa totalité.

Ce que vous dites des deux moments d'émergence de
la sexualité, spécifiques de l'espèce humaine, vient aussi
s'intégrer ici dans mon développement. La sexualité

polymorphe, diversifiée en pulsions partielles, qui ont
pour sources les zones érogènes, reflue avec le flot
montant de la génitalité, où elle vient ensuite se
recueillir, car elle n'a plus d'utilité que dans la « jouissance préliminaire », comme, de son côté, le primat du
génital s'affirme déjà dans les sensations de la prime
enfance (au point de rencontre entre le flot qui descend
et celui qui monte, au centre, se forme le « point mort »
du point de vue de la sexualité, ce que vous avez appelé
période de latence — sorte d'espace ménagé permettant
au moi humain de se constituer et aux influences
culturelles de jouer leur rôle d'éducation). Mais, par la
suite aussi, l'érotisme humain conserve des caractères
propres aux *deux* orientations, prises dans un jeu
constant d'influences réciproques, dans la mesure déjà
où, au cœur de notre maturité, nous ne pouvons devenir
tout à fait unisexués, puisque nous sommes nés de deux
parents.

A plus forte raison cela nous frappera-t-il dans le
domaine de l'inversion (de l'homo-érotisme, pour
reprendre l'expression de Ferenczi, à la place du terme
d'homosexualité, qui a fini par prendre une résonance
atrocement vulgaire). Vous faites ressortir nettement
plusieurs points : elle n'est pas à mettre au rang des
perversions, des déviations par rapport au but sexuel,
par fixation à un stade infantile ; elle peut être inscrite
dans notre nature par le renforcement correspondant
des composantes du sexe opposé, physiques ou psychiques ; mais elle doit être vue comme pathologique,
curable le cas échéant, si elle prend les caractères d'une
névrose obsessionnelle — d'une oscillation entre le pôle
masculin et le pôle féminin, avec des surcompensations
dans le sens de l'hyperactivité et de l'hyperpassivité.

Pourtant, soit dit entre nous, je ne trouve pas que
vous ayez toujours suffisamment mis en relief ce que les

deux types d'inversion, une fois que vous avez souligné leurs failles, ont encore de positif, ce qu'ils ont de plus même par rapport à l'hétérosexualité, comportement le plus courant. Je m'explique : dans ce qui, pour ainsi dire, empêche l'homo-érotique de faire le dernier pas pour s'unifier en tant que sujet hétérosexuel — ce qui le fait reculer devant le stade définitif de la maturité —, on reconnaît la marque du *caractère érotique fondamental* qui ne se retrouve que dans l'Éros infantile ; mais, dans l'homo-érotisme, ce caractère est concentré, préservé, ce qui est encore impossible à réaliser au stade infantile, où les activités sexuelles précoces se déroulent de façon isolée. En réalisant leur cohésion, l'homo-érotique les porte à un degré de maturité particulier qu'il lui faudrait abandonner à nouveau s'il devenait une « moitié » unisexuée.

Il me semble que, dans l'homo-érotisme, les manifestations de la sexualité primitive, de temps à autre tout au moins, perdent pour ainsi dire le caractère de matérialité dont elles sont affectées au stade le plus infantile (suivant le modèle d'après lequel, selon notre conception, elles peuvent se « sublimer » en impulsions données à l'activité artistique, intellectuelle ou à toute autre activité de l'esprit liée à l'érotisme). On a bien souvent attiré l'attention sur la fougue, l'exaltation ardente qui caractérisent des unions homo-érotiques, on pourrait presque dire cet emportement à chercher un *troisième* terme, unificateur, qu'ils élèvent tous deux au rang de dieu, où tous deux se retrouvent enfin pleinement, comme dans le sein d'une mère commune (même s'il faut soupçonner, là aussi, un symptôme aigu de la névrose obsessionnelle).

Remarquons au passage que ce trait caractérise aussi, à mes yeux, la nature véritable de ce qu'on appelle amitié, dont on a pu douter, avec quelque raison,

qu'elle puisse se nouer entre personnes de sexe opposé
avant la vieillesse : elle aussi se médiatise en un
troisième terme, auquel les deux amis rapportent leur
ferveur érotique (peu importe le niveau auquel on se
situe, une passion pour le sport tout autant que le Bon
Dieu sont susceptibles d'être le médiateur qui unifie).
La relation d'amitié en arrive alors aisément à prendre
un caractère passionnel suprapersonnel et s'en trouve
dans une certaine mesure désincarnée. D'une manière
analogue, l'homo-érotisme renferme un élément qui,
disons, transcende la sensualité et en est dépouillé : il ne
s'agit pas d'une élévation du type de la « sublimation »,
donc acquise par l'éducation du moi, mais au contraire
d'un constituant premier ; lorsqu'on ne fait pas de cet
élément l'instance décisive, lorsque, au lieu de cela, on
s'efforce d'imiter, dans une liaison sexuelle interperson-
nelle, la relation de couple hétérosexuelle, on se
dépouille de l'avantage que l'on avait sur elle — vivre
une expérience à certains égards extraordinaire, puisque
s'y retrouve quelque chose de la prime enfance, à savoir
le sentiment d'une totalité intacte, allié à des aspirations
du moi qui parallèlement se sont renforcées et affirment
leur aptitude à se spiritualiser.

Mais il faut dire en même temps qu'un danger d'une
sorte particulière menace l'« Éros cosmogonique », lors
même que ses mérites et son raffinement sont le mieux
compris et proclamés : car le vide de l'exaltation mystique ne peut manquer de le faire chanceler. Alors, c'est
comme s'il n'était plus partie prenante d'aucune union
sexuelle naturelle — et c'est pourtant de son être, resté
à l'universalité du stade infantile, qu'il tire la force de se
consacrer à l'évolution de l'humanité, de s'adonner à
des tâches plus concrètes. Son importance capitale pour
toute civilisation qui exalte l'humain (ce que l'on finit
toujours pas reconnaître) se retourne alors en délire, et

le voici qui met en accusation la civilisation, méconnaît l'esprit, confond l'élan créateur qui a sa source dans l'infantile avec le stade adulte où il est parvenu.

Il serait intéressant de considérer la manière dont l'amour hétérosexuel, lui aussi, lorsqu'il s'exprime dans toute sa puissance, arrive spontanément à sublimer sa pulsion — en fait par suite de l'idéalisation de son objet. Voici comment les choses se passent, me semble-t-il : la part de notre être qui est du sexe opposé, retirée des jeux de l'amour, se trouve transportée dans une sphère lointaine transfigurée par le désir, dans la beauté de l'inaccessible, et jouit de ce bel érotisme, de cette beauté érotique en la projetant sur le partenaire. Certes, c'est au prix d'une déception, lorsque l'on affronte dans le véritable combat amoureux l'objet imaginaire, déception à laquelle on échappe encore moins que l'homo-érotique, lequel, au-delà de la relation où une personne est constituée en objet, recourt pour ainsi dire à son propre substrat fondamental.

Pour la moitié de l'humanité, je veux dire la femme, ces difficultés se résolvent normalement d'elles-mêmes, par la grâce de la nature. Car c'est elle, la femme, qui reçoit en don, dans la maternité, ce qui est aussi l'apanage du sexe masculin : en tant qu'elle est procréatrice nourricière, guide tutélaire. Et cela est d'autant plus *marqué* que s'attache par nature à la femme, contrairement à l'homme, le rôle de l'élément passif, sur le plan tant biologique que psychique — puisque c'est seulement ainsi que la femme, dans sa spécificité, peut arriver au bonheur et à son plein épanouissement érotique (ah ! quel bienfait de voir que nous aussi, enfin, nous commençons à comprendre que le lot du sexe féminin, c'est le bonheur et non pas la résignation !).

L'autre moitié de l'humanité, constituée par les hommes, ne se libère jamais par elle-même du déchirement de vouloir être plus qu'une seule moitié ; l'homme qui, entièrement hétérosexuel, fait le dernier pas, l'ultime geste pour pénétrer le sexe étranger, son complémentaire, se condamne ainsi à n'être qu'un homme, incomplet, pris entre deux exigences rivales : se consacrer à la famille ou s'adonner à des tâches matérielles, professionnelles, hautement humaines. Lui seul reste prisonnier de la contradiction entre le développement du moi autonome et la poussée érotique primitive, qui se joue de lui. Mais il est vrai qu'il est aussi le seul à assumer pleinement le paradoxe de la condition humaine ; lui seul s'engage tout entier pour cerner l'insoluble et pour tenter de résoudre le dilemme : « affirmation du moi ou désir amoureux ». Probablement est-il le seul à pouvoir rire des nombreuses recettes que l'on prodigue de nos jours : pour expliquer les plus belles unions conjugales et amoureuses, on les sert accommodées à la sauce la plus relevée, celle du choix personnel que l'on fait en toute indépendance ; c'est justement de cette manière, il le sait bien, que le goût pourrait lui en passer. L'homme et la femme, dans le couple humain, sont les seuls à faire l'expérience totale de l'amour, jusqu'au point où s'abolit l'ultime « pathos de la distance », où, pour le meilleur et pour le pire, on est livré à la réalité de la relation de partenaire — tout comme dans la procréation, avec le sens de leur responsabilité et une dose de hardiesse folle, ils donnent le petit d'homme, qui vient prolonger notre existence problématique.

Quelle que soit notre manière d'être ou de choisir, dans les tribulations de notre destinée érotique, ce ne sont pas les diverses méthodes d'union avec le partenaire qui établissent la ligne de partage fondamentale. Au préalable, nous devons nous être ressaisis jusque dans le fonds le plus primitif de nous-mêmes, c'est-à-dire à cette profondeur où se manifeste en nous l'unité fondamentale, originelle, inconditionnée de l'âme et du corps. Car c'est l'érotisme seul qui, à chaque instant, trace le chemin qui y mène ; ou plus exactement : en définitive, c'est dans l'érotisme seulement que nous y demeurons en permanence, nous contentant, pour reprendre l'image des monères évoquée plus haut, d'émettre des pseudopodes ; c'est pourquoi on ne peut parler tout à fait sérieusement d'extériorité, et, réciproquement, intériorité ne signifie pas distinction radicale de l'extérieur. Nous n'avons que ce seul moyen pour surmonter en nous l'antagonisme entre le pôle physique et le pôle psychique. Autrement, nous ne sortons pas d'un système qui privilégie l'un par rapport à l'autre, soit que, portés à l'indulgence, nous nous accordions en esprit des plaisirs charnels, soit, à l'inverse, que le plaisir des sens, nous tourmentant de son avidité insatiable, ne nous détourne de la voie de la « spiritualisation ». Enfin, dans le débordement fou des instants d'amour, tous deux s'embrasent d'une même ardeur, dans le même flamboiement, notre être plonge jusque dans les profondeurs de son origine pour venir s'exhaler ; soulevés par l'Éros, ramenés à notre fonds primitif, nous nous élançons, délivrés, vers le partenaire, pour célébrer, dans l'étreinte amoureuse, le symbole solennel de ce qui, dans les régions de notre conscience, ne se laisse retenir que comme mirage du dehors, et appréhender que sur le mode du rêve.

C'est donc l'être charnel qui est partout au centre de l'érotisme, de ses nostalgies les plus primitives comme de ses attentes les plus conscientes — et qui lui chercherait un support « plus divin » se voit contraint de s'accommoder de ce qui est : car nous ne pourrions faire autrement, en tout cas, que d'aller, dans le même mouvement, à la rencontre du charnel et du divin.

## 4

L'« Éros n'a jamais de fin » : s'il ne déferle pas dans
les flots impétueux de la passion, il n'en fait pas moins
sentir ses effets en assurant notre cohésion avec le tout
dans le ventre de la mère, et jamais le cordon ombilical
ne sera définitivement coupé. Tous, nous avons beau,
par le développement de notre personne, la délimitation
de notre moi, mettre le monde qui nous entoure à
distance et n'en laisser parvenir que des échos assourdis,
nous n'en sommes pas pour autant coupés de son ample
totalité. Voilà la seule explication possible au phénomène curieux qu'il nous est donné d'observer dans les
cas où les liens de l'amour se distendent : il n'est pas
rare, en l'occurrence, que cet affaiblissement de la
relation ait pour corollaire une compréhension accrue
envers le partenaire abandonné. En effet, une fois
apaisée l'exaltation érotique, nous cessons d'en faire,
par une réduction abusive, ce personnage diaphane que
traversent les rayons de la splendeur amoureuse ; au
contraire, revenus à plus d'objectivité, nous prenons
conscience de ses qualités propres — indépendamment
de nos intentions particulières et des exigences que lui
imposait notre amour. Il peut en résulter, dans une
certaine mesure, une attitude nouvelle de respect à son
égard, tandis que nous consentons à le rendre aux
mondes, aux horizons qui sont les siens, distincts des

nôtres ; de ce fait, il est bien « relégué », mais au sens aussi où il se retrouve libre d'élire une patrie plus vaste, au lieu de rester confiné dans le cercle circonscrit par les limites étroites de notre individu.

Cette sphère, où nos sentiments prennent une dimension plus vaste, où les individus sont unis par des liens moins étroits, moins intenses — ce qui diminue d'autant le péril —, serait près de constituer, dans la mêlée de nos pulsions qui revendiquent des satisfactions réelles, un ultime coin de paradis, où même le loup et l'agneau se laissent encore un peu de place pour paître. Ainsi, ce que l'on a coutume, dans un style ampoulé, de décorer du nom d'« amour général de l'humanité » ne prendrait un sens concret qu'en ce lieu modeste, à condition que ce ne soit pas simplement le chaos des sentiments les plus subjectifs qui se déchaînent sous couvert de l'abstraction commode d'« humanité ». Car notre soi fait déjà valoir ses exigences immenses, à proximité de ce paisible vallon herbeux qu'il s'approprie, qu'il réquisitionne pour en faire le support de ses confusions et de ses semblants de transfert : manifestations d'une subjectivité qui s'abîme d'autant plus en elle-même qu'elle veut faire croire à son ardente exaltation.

Nous allons éclaircir ce dernier point en examinant la nature de nos rapports avec d'autres qu'avec les hommes, qu'il s'agisse de l'animal, de la plante ou des objets et des paysages qui nous ont marqués — pour ces derniers, ils ne tardent pas, d'eux-mêmes, à prendre dans notre sentiment la forme de purs symboles et viennent s'intégrer d'autant plus harmonieusement aux buts définis par notre intérêt et nos préjugés. Même dans l'amour que nous vouons aux plantes, c'est l'« esthétisme » pur qui prévaut, et notre sensibilité n'y prend qu'une part secondaire. Allons plus loin : il est fréquent que la créature capable d'éprouver du plaisir et de la douleur s'attache justement à des êtres froids par nature, des hommes qui sont (comme le disait une petite fille en parlant d'elle-même) « des amis des bêtes au lieu d'être des amis des hommes ». Car l'homme, lorsqu'il est l'objet de notre amour, manifeste des exigences immenses ; avec lui pour partenaire, il est hors de question de s'en tirer à si bon compte et d'être aussi parcimonieux qu'avec les autres créatures, lesquelles, rassasiées des miettes de notre amour, nous introduisent en échange dans ce monde bouleversant, complémentaire du nôtre, fabuleux (c'est là que réside, dans toute relation à un animal, le grand, le véritable événement). C'est justement parce que cette relation s'établit à un niveau moindre, élémentaire, parce que notre sentiment est affecté de façon si pure que nous y voyons l'ébauche de la ressemblance universelle, alors que, pris dans les complications d'une relation trop humaine, nous sommes portés, du simple fait que nous partageons la même douleur et la même joie, à des sentiments excessifs, lesquels se découragent en face des petites dissemblances d'un homme à un autre.

N'accordons donc pas — si désagréables que soient ces propos pour les amis des bêtes — une importance exagérée au geste de certains criminels endurcis, qui prélèvent sur leur maigre ration de pain de quoi nourrir le fameux rat qui partage leur cachot ; n'accordons pas non plus une trop grande signification au passage tiré d'une des lettres merveilleuses de Rosa Luxemburg, dans lequel elle décrit la pitié passionnée qui l'a saisie au spectacle de hannetons (ou autres insectes) dévorés par des fourmis. Car le hanneton profite ici démesurément de la haine réactionnelle de la révolutionnaire, et l'on n'est pas éloigné de soupçonner là une tentative de compensation à caractère névrotique affirmé, qui est la

vengeance à son encontre de toutes sortes de gros
hannetons.

Mais, en général, les choses se présentent simplement
ainsi : seules les relations qui restent distantes et ne se
rapportent pas à un être humain nous laissent la
tranquillité nécessaire pour les vivre *sans haine* jusqu'au
bout. Car, lorsque notre individualité se trouve mise en
jeu dans la relation amoureuse et poussée au contact
d'une autre individualité, elle doit affronter aussitôt le
combat pour l'affirmation de son moi, et la nécessité en
est d'autant plus impérieuse que le caractère passionné
et exclusif de la relation fait peser une menace sur la
conservation du moi.

L'interdépendance de l'amour et de la haine, telle que
vous l'avez constamment signalée, résulte déjà du
premier pas que l'on fait pour sortir d'une bienveillante
impassibilité à l'égard de tout et, sans vouloir exagérer,
*aussi de nous-mêmes*. C'est tout à fait improprement
que nous employons le terme de « haine » pour désigner
la recherche exclusive de l'intérêt et de l'avantage
personnels — quelle que soit la part de rudesse, de
brutalité et d'esprit de calcul — quand il n'y a pas
intrication pulsionnelle avec l'Autre, qui constitue
l'obstacle — et donc jouissance éprouvée à lui nuire.
L'homme qui hait, au sens pulsionnel du terme, ne se
contente pas, dans sa course au but, de renverser
brutalement l'obstacle sur son chemin, mais il *s'attarde*
auprès de sa victime avec une jouissance cruelle : c'est
seulement lorsque la volupté entre en jeu pour faire
corps avec le but visé par le moi qu'il y a haine, comme
tout homme peut la ressentir parfois. Il ne nous est pas
si aisé de prendre conscience de notre haine : nous
pensons être saisis d'une aversion exacerbée, alors que,
derrière ce que le moi a rationalisé dans un souci
d'objectivité, s'ouvre l'abîme béant des contradictions

humaines, dans leur inquiétante étrangeté — même si,
pour ainsi dire, il n'est visible que par une fente étroite
et sombre. Nous préférons traiter les objets de notre
aversion avec correction, voire avec politesse, car c'est
ainsi qu'ils nous retiennent le moins longtemps. Tortu-
rer cruellement ce que l'on n'aime pas n'est que
torturant et détourne le moi des objectifs qu'il poursuit :
c'est seulement lorsque l'objet exerce un attrait érotique
que s'éveille la cruauté, que la pulsion amoureuse est
avalée par la pulsion de puissance et la pervertit pour en
faire un moyen de jouissance.

Cette déformation forcée des deux côtés — qui n'est
légitime que dans les tout débuts du stade infantile, au
moment où la personne ne s'est pas encore différenciée
— peut par la suite blesser l'homme authentiquement
cruel en lui faisant partager et ressentir la souffrance
qu'il inflige, au point que sa cruauté se retourne en
sensibilité exacerbée à l'égard de la souffrance d'autrui.
C'est ici qu'interviennent les qualités dont vous avez
montré de façon extraordinairement convaincante chez
l'homme le caractère « réactionnel », en les opposant à
celles qui sont le fruit d'un travail positif, celui de la
« sublimation ». La formation réactionnelle reste inévi-
tablement dans les parages de la pathologie, et elle est
comme telle sujette à risques, car elle est retour au stade
infantile, et ainsi, ce qui se rapporte au moi et ce qui se
rapporte au toi sont à nouveau mêlés et confondus, alors
que l'être, dont le développement s'est poursuivi par
ailleurs, s'est déjà passablement structuré.

Mais comment ne serions-nous pas, parfois, le théâtre
d'une telle confusion ? Nous qui sommes, notre vie
durant, enfermés en nous-mêmes, d'une part, et qui
devons, d'autre part, intégrer cette masse qui nous
englobe, nous et le monde extérieur, parce qu'elle est
constituée de la même matière que nous ; nous, donc,

qui voyons nécessairement s'entrecroiser les processus de séparation et d'union, dans une contradiction perpétuelle.

Cette association indissoluble n'est-elle pas mise au monde, avec l'enfant, dès le premier jour de sa vie ?

Plongé dans l'isolement après avoir été expulsé de là où, exempt de désir, il était confondu avec le tout, l'homme ne tarde pas à y échapper par l'« amour » comme par la « haine », pour se précipiter dans les excès de ce que nous appelons dès lors son « âme ». Sous l'effet de ce premier choc que nous cause la naissance, nous plongeons dans l'angoisse d'une existence étrangère qui nous fait nous perdre nous-mêmes, tomber du Tout dans le Rien (Freud : « L'angoisse de la naissance est le prototype de toute angoisse ultérieure »), comme de la Vie dans la Mort. Et pourtant, lorsque nous faisons nos premiers mouvements dans cette nouvelle existence, ce qui nous pousse à retrouver l'obscurité du sein maternel doit déjà se muer, dans le même temps, en l'impulsion irrésistible de sauver ce pauvre résidu, cet être tronqué que nous sommes, de ne plus le laisser mutiler encore davantage ; ainsi la vie et la mort se trouvent-elles confondues l'une en l'autre et se rencontrent-elles dans ce que vous avez appelé la castration originaire : nous trouvons déjà, dans cet événement premier, l'expression d'un vouloir-vivre conquis de haute lutte et vers lequel notre corps a été poussé au moment de naître. Dans cette expérience, gain et perte sont intrinsèquement liés dès l'abord, à tel point que l'on ne peut effectivement rien dire d'autre de nos émotions que : au commencement régnait l'ambivalence.

Jaillissant de l'inconscient, le tronc du psychisme, comme sous l'effet du premier souffle d'air extérieur, se divise en deux branches qui sont la manifestation secondaire de ce qui, derrière les apparences, ne fait encore qu'un en profondeur. Voilà justement le point où Adler a dévié de notre conception du psychisme : en greffant les pulsions érotiques sur la pulsion d'affirmation de la personnalité, il leur a contesté leur pleine légitimité, et, après les avoir séparées de leurs racines, il les a utilisées, comme des fleurs coupées, pour composer, d'une main « artiste », toutes sortes de bouquets. J'ai d'abord été frappée de constater que votre conception récente du couple « amour et haine », soumission et agression, s'écartait moins que par le passé de la conception d'Adler, du moins sur un point : la composante agressive n'est plus pour vous, comme autrefois, la volonté d'affirmation et d'expansion du soi, qui s'intériorise pour devenir ensuite violence exercée contre nous-mêmes — et en arriver progressivement à ce chef-d'œuvre accompli de la subtilité psychique : « le retournement contre sa propre personne ». Au lieu de cela, vous reconnaissez maintenant à la pulsion d'agression un degré d'autonomie tel qu'elle n'a plus besoin, pour s'exacerber, de la pression de l'extérieur, mais se porte elle-même à son paroxysme par l'action de sa propre tendance à la destruction. Au lieu que les deux directions pulsionnelles s'unifient à la racine, la pulsion de puissance, avec son désir de détruire, échappe à cette ultime motivation commune, issue de vouloir-tout-être et du vouloir-tout-avoir, encore distincts (motivation qui, jusqu'ici, faisait même paraître plausible le retournement contre soi-même, en l'expliquant par l'irritation éprouvée à se heurter à ses propres limites).

Je ne laisse pas d'être songeuse, car elle est loin d'être *évidente* cette tyrannie de la pulsion d'agression prise pour elle-même — il est pratiquement impossible de l'observer dans l'expérience et dans l'analyse.

(Je me rappelle aussi le travail de Federn[1], qui, dans son effort pour en retracer l'itinéraire jusqu'au point où la pulsion s'évanouit « in nuce », doit descendre jusque dans les profondeurs de la psychose, pour atteindre le point où, dans la psychose de mélancolie — caractérisée par l'indifférence, et donc l'absence de plaisir et de motivation —, le comportement du sujet qui se détruit compulsivement est semblable à celui des autres : mais est-il acceptable de conclure, en voyant des manifestations psychotiques caractérisées justement par la *dissociation* totale de nos pulsions, à la généralité de telles affections et déformations, comme si elles étaient présentes, mais seulement moins apparentes, à l'arrière-plan de notre normalité, mieux structurée sur le plan des pulsions ?)

Toutefois, me reportant en pensée aux premières années de notre mouvement psychanalytique, je suis obligée de vous faire une concession : à cette époque, vous mettiez beaucoup moins l'accent sur l'autonomie de la pulsion de destruction, opposée en nous à la pulsion de conservation, et cependant, déjà à ce moment, nous n'étions pas non plus sans savoir que seul le « péché originel » de l'individuation qui rend invisible à nos yeux la grande innocence qui plane au-dessus de tout montre les choses sous ce jour, parce que c'est avec lui seul que l'homme commence à être analysable, et que les deux ennemis jurés sont pourtant frères, nés du même sang. Et d'ailleurs, n'arrivons-nous pas *ainsi* à concilier nos deux points de vue, dans la discussion que nous avons fréquemment au sujet de ces deux types extrêmes : le criminel et le saint (en vérité, cela ne vaut pas seulement, comme vous le mentionnez, pour le type

---

1. Médecin viennois, l'un des premiers partisans de Freud. Il commença à pratiquer la psychanalyse vers 1903.

russe, plus apte à les incarner) ? Le criminel, si on le
conçoit comme un être de pulsions qui a gardé les traits
du stade infantile (ou même y est resté fixé), a, pour
ainsi dire, une distance moindre que le saint à parcourir
jusqu'au point où l'attitude du moi est encore noyée
dans une conscience si labile qu'elle ne le concerne
même pas encore totalement, mais qu'elle concerne
plutôt cet espace englobant où se précipite le saint,
« dépouillé de soi ». Ainsi déchargerait-on quelque peu
le « criminel » de sa monstruosité, de son inhumanité,
tout comme on ferait redescendre le « saint » de son
élévation surhumaine — un peu seulement, car l'écart
reste immense.

Le citoyen cultivé occupe entre les deux une situation
médiane : de par sa culture, il s'oppose à de tels écarts,
à un tel emportement ; comme il avance à pas plus
petits, en modérant son allure, il épuise la force qu'il
avait à l'origine pour accomplir des choses extraordi-
naires. C'est ainsi que la violence originelle des peuples
primitifs et des enfants prend un caractère de « crimina-
lité » ; les êtres proches de l'enfance sont agis par leurs
pulsions, ce qui rend possibles leurs transformations
soudaines et leurs rajeunissements. Ce qui jaillit d'une
couche encore plus profonde de l'inconscient avec l'élan
impétueux du jeune torrent se grossit d'innombrables
filets, sources ténues, suintements souterrains, pour
venir se recueillir dans un bassin proche de la conscience
où il retrouve irrésistiblement sa fougue, autant que le
lui permettent ses nouvelles limites ; se ruant brutalement hors de ses digues, il ne s'assagit que tardivement
pour finir par s'écouler dans une vaste mer.

Bien entendu, il faut distinguer nettement entre les
deux directions de la pulsion à l'intérieur du domaine
humainement analysable, aussi loin que l'on puisse les
suivre. Mais, depuis que vous accordez la souveraineté à

la pulsion de destruction en particulier, c'est la pulsion
opposée qui en a lourdement pâti : nous n'avons plus la
même impression qu'auparavant, quand nous les
voyions toutes deux s'enfoncer, sous nos yeux, dans
l'inconscient, où l'équilibre était réalisé ; pour être
visible, il faut que la pulsion de destruction monte, pour
ainsi dire, sur les épaules de l'autre, et elle a plutôt l'air
d'être un poids surajouté à la pulsion, plus forte,
d'agressivité. Dans la perspective mythologique (à quoi
nous sommes constamment renvoyés, dès que nous nous
élevons au-dessus des données de l'expérience pour
ébaucher des relations, des conjectures), nous obtenons
l'illustration suivante : l'état d'origine, tout comme le
terme, c'est l'inorganique, le sommeil de la mort pour
tout ce qui, parcourant le cycle d'un développement
organique, peut-être par l'effet d'une quelconque nécessité, a été contraint de faire un détour entre la mort et la
mort, de s'animer pour ainsi dire d'une vie factice, de
rentrer dans une sorte de danse macabre à laquelle
concourent les pulsions érotiques.

On arrive ainsi à rétablir une unité de style : mais cela
va à l'encontre du dualisme psychologique dont jusqu'alors vous souteniez légitimement l'importance, car
— me semble-t-il — la séparation n'est pas maintenue
assez longtemps entre ces deux orientations. Je
m'empresse d'ajouter que non seulement je n'ai rien
contre l' « orientation de la mort » en tant que telle,
mais je trouve au contraire qu'elle n'est pas poussée
assez loin. Je m'explique : *tout,* en commençant par ce
qui relève de la conceptualisation logique — donc même
la mascarade, la vie factice de l'érotisme — ne peut être
appréhendé par notre entendement que sur le mode du
« mort », du purement physique, du « matérialiste », du
mécanique, de la mise en pièces, de la dissection —, car
c'est ainsi seulement que le tout s'y reconnaît, c'est-à-

dire qu'il s'oriente en suivant les indications de sa méthode spécifique. Tout ce qui va au-delà, toute tentative de satisfaire, ne serait-ce qu'un peu, aux exigences de ce qui est « vivant », incommensurable, ne fait que gâter la méthode, tuer, sans donner vie à quoi que ce soit. Ne savons-nous pas, par la pratique de la psychanalyse, qu'en déblayant mécaniquement, pièce à pièce, nous accomplissons le seul travail susceptible, certes, de *dégager* ce qui « a été enseveli vivant », mais non pas d'avoir une action *sur lui* : dans cette mesure, on ne peut rien faire de mieux que de s'en tenir ici à une attitude dualiste.

Mais envisageons maintenant les choses sous un tout autre aspect : dans cette libération, il n'y a pas processus de mort, il y a seulement l'intensité de la vie, que nous appréhendons parce qu'elle présente une ressemblance avec ce que nous-mêmes avons vécu en propre. Nous n'apportons pas plus de nous-mêmes, dans cette démarche anthropomorphique, que nous ne retranchons aux impressions lors d'une analyse mécaniste, pour les faire rentrer dans le moule de notre conscience. Ce que nous qualifions d'« inorganique » ne signifie rien d'autre que notre incapacité à aller plus loin, et ébauche en quelque sorte la preuve de notre bêtise, contre laquelle nous avons échangé notre intelligence conceptuelle, vaste et efficace. Regarder quelque chose comme mort ou vivant, cela veut dire seulement l'envisager du point de vue de ce que nous avons transformé en mécanique ou en psychique, et l'on ne saurait assez maintenir ces deux termes dans un rapport dualiste, chacun gardant sa direction propre, jusqu'à ce que nous parvenions, aussi dans la direction de l'impression psychique, à la limite naturelle de notre capacité d'accompagnement, exactement comme nous en faisons l'expérience face à ce qui nous est le plus étranger, à savoir l'inorganique, même si, pour nous, hommes, ces deux directions mènent aussi loin.

Cette autre limite, c'est celle par laquelle, selon nos propres mots, nous touchons à l'inconscient, qui a une portée plus grande que nous ne pouvons le « savoir » ; la seule chose que nous puissions appréhender — parce que le travail que la psychanalyse accomplit sur le vivant nous la révèle —, c'est justement le matériel le plus refoulé, le plus enterré, le plus enseveli, le plus exclu de la conscience, qui, *de ce fait même,* ne peut « mourir » ni cesser d'être à l'œuvre, mais qui représente ce qui est conservé presque « hors du temps » ; c'est ce sommeil « de mort » qui le retient dans le « réservoir de la vie » lorsqu'il ne peut pas « s'échapper en fumée » (Freud) au moment du passage dans le conscient. Si nous reconnaissons en lui une manifestation « pulsionnelle », l'entendement et les sens le mettent du côté du vivant, et, pour être conséquents, il leur faut agir ainsi quand bien même le contenu d'une telle impulsion se révélerait destructeur. On peut bien être de l'humeur la plus « mortelle », la colère, la haine, le don de soi à une réalité suprasensible, éthérée, peuvent bien miner sourdement ce qui existe, dans tous les cas, la part d'affect qui se manifeste là a pour but une satisfaction vivante (et aussi en dehors des cas de confusions partiellement ou entièrement pathologiques, où le sujet est poussé si souvent à détruire son bonheur — et même à se détruire lui-même — parce que son inconscient l'abuse en lui représentant l'image trompeuse de l'accomplissement de ses désirs).

Il est certain que la maladie, l'épuisement, la fatigue, la déception, le chagrin reflètent au plus haut degré la « complicité avec la mort », qu'ils aient leur origine dans des états physiques ou dans un comportement psychique ; il n'en reste pas moins qu'ils traduisent une

« envie de quelque chose », un contentement, tout au moins le contentement qui a sa source dans la paix, image de la félicité ; après tout, le nirvāna du bouddhiste recouvre le pur acquiescement auquel celui-ci parvient, une fois qu'il a accompli en lui toutes les négations — voilà sur quoi se fonde pour une très large part la sérénité joyeuse de l'Asiatique face à la mort, bien différente de l'inquiétude de l'Européen, pour qui la mort est armée de la faux. Mais il arrive que l'on voie s'affirmer cette sérénité aussi chez l'Occidental, et l'on rapporte des cas isolés d'extase, de transfiguration pendant ou avant l'agonie ; peut-être sommes-nous parfois trop prompts à les attribuer exclusivement à l'influence d'une foi solidement ancrée. Car, en réalité, la mort n'est pas uniquement ce qu'on nous fait subir, c'est au contraire nous qui en sommes les acteurs : éprouvant le passage de notre corps, c'est *nous* qui réalisons au niveau psychique l'accomplissement de la mort ; nous ne subissons pas seulement la résistance qui lui est opposée, nous sommes aussi des êtres déliés de leurs contradictions ; nous ne sommes pas seulement la trame rompue des liens qui nous retenaient, nous sommes aussi les restaurateurs de cette réalité qui n'avait jamais cessé de nous englober, bien que toute notre vie consciente l'ait reléguée à l'arrière-plan et s'en soit détournée.

J'ai toujours trouvé caractéristique à cet égard la manière dont l'enfant découvre la peur de la mort, et le moment où cela se produit. Le plus souvent, j'ai repéré ce tournant lorsque l'enfant, qui joue encore avec la « toute-puissance de ses pensées », en vient à exprimer le désir d' « écarter » l'obstacle, de le savoir détruit, anéanti. C'est alors comme s'il venait de se poser lui-même dans le monde en être mortel, depuis qu'il a admis la mort et qu'il l'a laissée entrer. A partir de là, la

mort lui apparaît dans toute son horreur, et la conscience ne peut la lui représenter avec assez de vigueur.
Au fur et à mesure que mûrit la personnalité, ce
squelette menaçant et venu des ténèbres prend une
figure de chair, s'éloigne pour retourner au reste. Bien
plus, il va tout simplement s'y fondre, puisqu'il est
expression de la *même* vie. Ce phénomène peut prendre
une intensité accrue, en proportion de la faiblesse de
notre corps, comme si, ne pouvant plus retourner au
plein éveil de la conscience, nous y voyions plus clair
pour nous orienter dans l'obscurité de notre patrie à
tous. (Si, toutefois, nous ne sommes pas effrayés par des
refoulements qui n'ont pas été liquidés et donc revien-
nent, tels des feux follets, hanter la conscience — ainsi
la pieuse mère de Dürer : comme le déplore son fils,
cette femme noble et bonne fut assaillie dans son agonie
de terreurs cruelles et mourut dans les affres.)

Selon que la pente de notre psychisme nous rend plus
sensibles à l'une ou à l'autre résonance du vécu, elle
nous renvoie l'écho de la « mort » ou de la « vie » ; nous
pouvons utiliser les mots et les dénominations en
privilégiant, ou non, le sens négatif qui procède de notre
réflexion intellectuelle objective ou de notre vécu intérieur.

(Ainsi seulement peut-on s'expliquer que, lorsque
vous avez mis en place les pulsions de vie et de mort,
deux esprits aussi proches que S. Ferenczi et
A. Stärcke[2], presque au même instant, leur aient donné
l'étiquette inverse, la vie assumant le rôle de la mort, la
mort celui de la vie : le principe de dissolution du moi,
d'extinction de la conscience contenu dans l'Éros était
au service de la tendance de mort, tandis que l'indivi-

---

2. Psychanalyste néerlandais qui pratiqua l'analyse vers 1905. Il
devint membre de la Société viennoise en 1911.

duation des êtres les uns par rapport aux autres, axée
sur le moi et avide de pouvoir, servait à l'affirmation de
la vie.) Par nécessité, nous n'attribuons donc aucun
caractère de rigueur contraignante à des dénominations
qui ont pour fonction de dépasser le niveau des données
de fait et de nous orienter vers la signification globale
que nous accordons à celles-ci ; bien qu'antiphilosophes,
nous sommes destinés à faire de la philosophie, c'est-à-
dire contraints de mettre en images ce que nous
considérons intellectuellement et ce que nous vivons de
l'intérieur, réalisant ainsi l'équilibre par l'interpénétra-
tion de la pensée et du sentiment.

Je me rappelle que, certains soirs de l'hiver 1912,
nous eûmes des conversations (fidèlement consignées
dans un petit carnet relié de cuir rouge) où vous et moi
nous étendions sur le même sujet — longtemps, longtemps avant que vous n'arriviez aux formulations qui
sont les vôtres aujourd'hui — pour convenir ensemble
que, même si on adopte le même point de vue intellectuel sur les choses (cela n'est pas moins valable en art,
par exemple), celles-ci restent *vues à travers un tempérament* *. Mais, déjà à cette époque, les adversaires tièdes
ou déclarés de la psychanalyse lui reprochaient de se
faire l'« avocat de la mort », de créer une sorte de
situation névrotique, en prétendant justement guérir la
névrose — en n'appréciant pas à leur juste valeur la foi
et l'espoir, seuls fondements d'une vie digne de ce nom.
Ce malentendu a fini maintenant par se dissiper. Mais
c'est pour faire place à un autre : sur la base de vos
écrits plus récents — bien que vous y défendiez les
mêmes idées que naguère — on vous prête un sombre
pessimisme quant à la possibilité de civiliser les instincts
de l'homme : celui-ci doit pour ainsi dire trancher dans

* En français dans le texte

le vif, se mutiler, pour ménager un espace dans le chaos
des pulsions et apprendre à suivre le « primat de
l'intellect ». C'est ainsi que vous vous êtes fait acclamer
par tous ceux qui vous gardaient rancune d'avoir dévoilé
nos instincts : l'homme s'avérait l'« animal à vocation
ascétique », et la « nature noble de l'homme » était
ainsi reconnue et sauvée par vos soins.

Comme vous le mentionnez dans l'un de vos derniers
écrits, vous avez tenté, initialement — provisoirement,
pour ainsi dire à titre d'essai —, de mettre l'accent sur la
souveraineté de la pulsion de mort, et, peu à peu, il vous
serait devenu impossible de penser autrement. Cela dit,
il est important de réfléchir au pourquoi de cette
évolution — ou, plus exactement, l'est-ce *pour moi*.
Car je vois ici à l'œuvre tout autre chose, presque le
contraire de ce qu'y ont vu les gens qui naguère vous
dénigraient et aujourd'hui vous acclament. La raison
exacte en est que je ressens le « vu à travers un
tempérament », la part de philosophie involontaire,
comme quelque chose de hautement personnel. Lorsque vous semblez vous mettre du côté de la mort, il n'y a
là pour moi aucune complaisance à l'égard de la mort
qui serait due à l'âge ou à une quelconque lassitude de
vivre. J'y lis bien plutôt, comme auparavant, la résolu-
tion avec laquelle vous prenez le parti de la réalité
vivante. C'est que rien ne vous répugne autant que
l'optimiste qui maquille la réalité, la trahit en y projetant ses hallucinations et ses désirs, comme si alors
seulement elle était digne d'être vécue. C'est seulement
lorsque nous regardons la réalité en face, telle qu'elle
est, sans nous abuser et sans nous illusionner, qu'elle
réalise avec nous une union qui dépasse de bien loin les
chimères du vécu : une expérience qui mêle dans sa
trame ce qui reste de notre entente initiale — même si
cette vérité est inaccessible à l'intellect, qui oppose

réalité et subjectivité. Pour ma part, je connais le risque que la joie de vivre subjective projette involontairement son image sur ce qui lui fait face, qui est fruit de la réalité ; c'est pourquoi je vous ai déjà écrit et dit : rien ne me plaît davantage, quant à moi, que vous me teniez en laisse pour me guider — pourvu que la laisse ait une bonne longueur ; de cette façon, si je m'en vais battre la campagne, vous n'aurez besoin que de tirer sur la laisse pour que je sois à nouveau près de vous, sur le même terrain. Car « près de vous », cela veut dire, pour moi, là où je vous sais toujours proche des profondeurs : au plus près.

## 5

L'important est de se limiter à ce qui est donné dans la réalité, à ce qui existe dans les faits. Cette conviction, je l'ai acquise, grâce non seulement à l'exemplarité de votre méthode, mais aussi à mon propre travail, au fur et à mesure que je progressais dans la pratique de la psychanalyse. Car, chaque fois, j'ai l'impression — impression des plus saisissantes, de celles qui ne passent jamais et se ravivent constamment — de redécouvrir la psychanalyse dans sa totalité, comme si elle s'actualisait ; mais ce qui est vécu là immédiatement ne pourrait que s'appauvrir si nous y ajoutions des composants subjectifs de notre cru.

Le noyau de la part connaissable de l'homme est mis au jour lorsque, avec précaution, on s'attache à le débarrasser de sa gangue d'écorce ; mais, à l'inverse, il peut se revêtir à nouveau d'une mince pellicule opaque, si l'on néglige tant soit peu que la méthode et la technique psychanalytiques se bornent à jouer le rôle d'auxiliaire, sans avoir la prétention d'ajouter quoi que ce soit de leur cru.

En effet, quelle est l'origine de la maladie ? C'est la solidité de ces écorces que l'adulte, par son pouvoir, et les expériences de la vie ont forgées précocement, pour protéger l'être, laissant la plus intime part de lui-même désemparée et abandonnée.

On ne saurait donner meilleure définition de la santé qu'en citant l'expression : « la nature, ce n'est ni le noyau ni l'écorce », ou bien « qu'est-ce qui est intérieur, qu'est-ce qui est extérieur ? » — si ce n'est que la perfection d'un être resté intact ne se rencontre que dans les constructions théoriques. Point n'est besoin, certes, d'être névrosé pour s'exposer au durcissement de la gangue ou à l'énucléation, pour être pris entre le danger d'être enfermé de l'extérieur et celui de tomber dans le vide. Et il est difficile de s'imaginer comment des êtres mus par leurs pulsions, doués de lucidité, pour leur salut ou pour leur perte — comme on voudra ! — adopteraient un autre comportement dans les aventures qui leur arrivent. Car, alors qu'au stade de la prime enfance chacun se confondait encore avec la substance même de l'univers, ils voient nécessairement leur attente d'autant plus déçue qu'elle a été entretenue longtemps, et ils connaissent donc la tentation, soit de se dissimuler à eux-mêmes la part de démesure qui constituait toute leur attente et de la refouler, soit de s'y abandonner *à fonds perdu*\*, au détriment de la réalité qui les entoure.

Dans toute névrose, quelle qu'elle soit, entre pour une part cette mystification de soi, le sujet réussissant trop tôt ce tour de force de fausser son orientation ; il perd le bénéfice qu'il aurait eu à prendre le droit chemin, le plus court, et se laisse entraîner à des détours, plus sûrs en apparence, mais qui l'égarent toujours davantage. Toute névrose simule l'accord désiré entre le monde intérieur et le monde extérieur : l'un et l'autre font mine de se laisser de la place — se *font* place, soit que les processus internes prennent consistance, comme si toute la réalité venait s'y établir,

---

\* En français dans le texte.

tout l'extérieur se dissolvant par contrecoup en un néant chimérique ; soit que l'essence de la personne, confrontée aux processus externes imposant leur supériorité et leurs exigences, se voie livrée sans recours à l'angoisse et au doute. Chacun pense à l'explication profonde que vous avez donnée du concept d'« inquiétante étrangeté » : surgi du refoulement de ce qui, à l'origine, nous était le plus familier, le plus intime, ce *revenant** sort du cercueil scellé du passé pour semer l'effroi ; mais derrière ce fantôme, qui sert à le dissimuler, se profile le spectre des plaisirs, des espoirs les plus anciens auxquels nous avons renoncé. Cette inquiétante étrangeté couvre tout le vécu du névrosé, jusqu'au moment où cela s'exprime dans un vertige et un égarement où le « qu'est-ce qui est intérieur ? » et le « qu'est-ce qui est extérieur ? » s'invertissent. Car, dans les brèches ouvertes par le recul de l' « expérience saine de la réalité », dans les failles et les lacunes qu'elle présente, viennent aussitôt s'engouffrer des fantômes qui comblent les vides. Tantôt ils offrent le mirage de la surface là où guette l'abîme du néant, tantôt ils rendent suspects les repères ultimes, comme si, à les suivre, on se dirigeait vers des abîmes sans fond.

Les deux grands types de névrose que nous distinguons, encore repérables et distincts dans l'ensemble des affections psychiques — l'hystérie et la névrose obsessionnelle —, correspondent à deux formes parentes de l'inquiétante étrangeté ; tandis que les personnes bien portantes peuvent en éprouver un accès passager, le malade, lui, s'en trouve investi au point de ne plus savoir si son existence ne s'identifie pas à elle. J'ai toujours eu l'impression que la prédisposition à l'hystérie se rattachait de façon stupéfiante à la

---

* En français dans le texte.

confiance en son désir qui caractérise le sujet au stade des attentes archaïques — c'est-à-dire que celles-ci n'ont rien perdu encore de leur vigueur naturelle —, comme si elles avaient été comblées et qu'il ne s'agît plus que de les présenter comme *un fait accompli* * à la réalité qui en nie l'existence (ainsi le syndrome hystérique représente-t-il la réalisation positive du désir, ne serait-ce que dans l'image inversée, négative, de ce dont il faut se défendre). Voilà pourquoi l'hystérie est une forme de réalité conquise de haute lutte, dont on ne perd jamais une occasion de réaffirmer l'existence, pour fournir à nouveau la preuve de l'accompli, alors que cette affirmation intérieure n'est possible qu'en ignorant la réalité, en se braquant contre les accomplissements dans le réel, comme s'ils n'existaient pas. Et, de ce fait, ils ne peuvent apparaître que sous les traits de la mort et de l'épouvante, comme étrangers à la vie, ce qui suscite une angoisse intense. Voilà pourquoi le sujet est, apparemment, dénué de sentiments de culpabilité et ne les découvre souvent que lorsqu'il est déjà sur le chemin de la guérison (et que le matériel fourni par le souvenir est davantage de nature à l'intéresser qu'à l'oppresser). Voilà pourquoi, si souvent, le sujet n'hésite pas à marquer sa prédilection pour des *criminels qui ont réussi,* pour des brigands ou des voleurs heureux dans leurs entreprises, tout comme, dans les idéalisations qui sont le fruit de son exaltation, il n'hésite pas à unir les inconciliables, joignant sans difficulté le masculin et le féminin, le sentiment éthéré et la sexualité la plus crue.

Voilà pourquoi l'explosion hystérique s'empare de notre corps d'autant plus totalement que, dans cet unique fragment de réalité — le seul qui lui reste —, il a tout loisir de s'abuser sur son pouvoir d'illusion, en

---

* En français dans le texte.

particulier lorsque le sujet a atteint sa maturité physique
— le recours à des pratiques sexuelles plus infantiles
restant de ce fait un pis-aller, étant donné que l'hystérique reste replié sur lui-même et ne s'engage pas dans
une relation de partenaire. Partant de là aussi on peut
faire le rapprochement entre l'hystérie d'angoisse et
l'hystérie de conversion, qui est la possibilité de transfé-
rer sur son propre corps les angoisses, les blocages, dans
des processus physiologiques comme les paralysies, les
douleurs, les crampes, qui prennent le relais dans cette
situation sans issue — au point que le psychisme ne sait
plus rien de ce désordre. Il est compréhensible que
l'hystérie d'angoisse, elle aussi, ait plutôt tendance à se
décharger violemment, qu'elle s'extériorise physique-
ment lorsqu'elle est évacuée — au cours de cette
« catharsis » dont vous avez souligné, naguère, le rôle
indispensable. Je l'ai vue, quant à moi, se produire dans
deux cas où les pulsions firent irruption avec une
violence presque psychotique. Dans l'évidence de ce
paroxysme, au moment où le processus de guérison
reçoit son impulsion décisive (pourrait-on dire), c'est
encore l'illusion hystérique qui se manifeste, intacte,
inentamée, aussi fortement que dans les premiers symp-
tômes pathologiques : nous avons l'intuition que la
maladie est intimement proche de la confiance en la vie,
cette force naturelle propre à notre complexe nature
humaine. Toutes deux sont établies à proximité immé-
diate l'une de l'autre, comme expressions du normal et
du pathologique, et elles s'entremêlent sauvagement
dans les cas où la névrose a terrassé le sujet. Dans les cas
de victoire passagère, elles s'écartent à nouveau l'une de
l'autre pour prendre des directions distinctes.

Quant à ce que nous nommons névrose obsessionnelle, même au stade de ses premières manifestations
sporadiques, point n'est besoin d'une telle catharsis

pour s'en purger, car elle fait moins corps avec l'état animal, ou disons avec la créature primaire, avec la nature humaine à peine parvenue au stade de la conscience. En elle, l'homme est pris en quelque sorte à un degré supérieur, mais c'est dire aussi qu'il a fait un pas en avant dans la névrose — sans aller toutefois jusqu'à l'expression extrême de l'hystérie, laquelle se situe dans un refoulement si profond que l'indifférenciation primordiale du réel et de l'illusion est restaurée d'une façon hallucinatoire. Cet état de refoulement moins profond, tout en ménageant des points de contact avec la réalité, ne suffit pas à les rendre convaincants ni d'un côté ni de l'autre, et c'est là le mal, c'est là sa fatalité. La dimension du désir *demeure*, bien que les pulsions se soient pliées aux exigences de l'extérieur, qui imposent leur puissance et leur autorité, mais elle n'est pas à l'abri du soupçon. Entre la soumission éprouvée dans la réalité et le désir pulsionnel de se défendre, l'opposition persiste. Il faudrait qu'elle s'équilibre à tout instant pour assurer le dynamisme qui donne à l'homme normal du type obsessionnel un avantage sensible sur l'homme plus unifié par nature. Le danger, même à l'intérieur de la normalité, réside dans le vacillement entre la tendance à se surestimer soi-même et la crainte d'être inférieur, dans l'oscillation du pôle actif au pôle passif, qui n'est que trop naturelle lorsque le désir impérieux des pulsions doit faire face aux réalités menaçantes de la vie. Mais en même temps, chez le sujet qui jouit d'une santé parfaite, cela peut devenir l'occasion d'excitations, de frictions merveilleusement stimulantes.

On peut, dans la pratique, trancher cette question en examinant jusqu'à quel point les sentiments de culpabilité ont été exclus. L'hystérique, lui, en est débarrassé puisqu'il fait barrage à tout souvenir de la réalité ; mais chez l'autre type d'homme, plus évolué pour ainsi dire, ces sentiments ont leurs racines, du simple fait déjà que l'accès à la conscience, fondamentalement, pose en face de lui le monde réel et donne *eo ipso* tort à ses désirs pulsionnels. Nous cherchons alors à les repousser et à les apaiser, ne réussissant qu'à les faire s'étioler, se terrer davantage. Ou bien nous nous en débarrassons en nous jetant dans un excès d'abstinence, de docilité, et alors notre agressivité s'insurge, proteste vigoureusement et nous fait entrer en conflit avec la part de nous qui se rattache aux pulsions.

Ne reste alors que la formule du compromis « tant l'un que l'autre » pour se soustraire à la reconnaissance totale des difficultés et des décisions à prendre, même dans les cas où il n'y a pas encore de compromis, au sens névrotique du mot, c'est-à-dire où la décision lucide serait remplacée par une construction intermédiaire, un moyen terme qui, sans égard à la réalité changeante, se répète éternellement. C'est ici que l'on détermine ce qui est « déjà pathologique » ou ce qui est « encore sain », bien que le passage se fasse insensiblement de l'un à l'autre. C'est de cette manifestation que la névrose obsessionnelle a tiré son nom : pour arbitrer entre les deux pôles de l'oscillation, une médiation à caractère obsessionnel a été élaborée.

J'explique quant à moi le déclenchement de ce mécanisme par le caractère déjà obsessionnel du doute pathologique lui-même ; l'exact opposé de la réflexion raisonnable, objective, qui précède la décision — ce qui explique l'exacerbation du doute jusqu'à la véritable obsession. A une échelle réduite, on a observé une forme de superstition chez des enfants qui, dans des cas douteux, préfèrent s'en remettre au hasard, à des présages (choix des pavés sur lesquels ils marchent, superstition des nombres, choix de la droite ou de la

gauche), du soin de décider. Nous avons là l'origine du
processus qui aboutit, chez les adultes demeurés superst-
titieux, à l'obsession d'une aide venant de l'au-delà.
C'est le recours à l'au-delà qui est ici l'essentiel et qui se
révèle pathologique. Le sujet considère en effet que,
dans le doute, ni la réalité ni son esprit de décision
personnel ne peuvent lui venir en aide. Ne se référant ni
à un extérieur ni à un intérieur, il a recours à un nulle
part qui transcende l'un et l'autre, bien *au-delà* de ce qui
est humainement possible  On ne peut s'arracher ainsi à
l'état du doute que par une démarche obsessionnelle,
sans âme, à la fois dénuée de sens et qui échappe aux
sens : démarche inassimilable, pour ainsi dire, à l'expérience, à la vie. On connaît ces cérémonies rituelles dont
l'ordonnance, établie dans le moindre détail, doit se
reproduire immuablement, et dont on ne peut en
aucune manière enfreindre les prescriptions, sous peine
de voir une catastrophe anéantir l'univers ainsi que le
coupable et tout ce qui est sacré à ses yeux : car ce n'est
pas seulement l'interdit qui est en jeu, mais une
*obsession,* qui prend la forme de la foi.

Vous avez déjà étudié dans le détail, au grand
mécontentement du public, la convergence entre
névrose obsessionnelle et religion, bien avant d'abor-
der, dans *Totem et Tabou,* le cérémonial religieux et les
rites « magiques » dans le comportement des peuples
primitifs. Dans le cas de l'hystérie, on était déjà
familiarisé avec toutes sortes de similitudes entre les
états d'exaltation d'origine hystérique et ceux qui sont
d'origine religieuse. Pour ce qu'on a coutume de désigner sous le nom de religion, la plus grande partie de
son domaine réside dans cet espace immensément
étendu et profond qui est situé entre la maladie et la
normalité humaines : c'est à cet endroit seulement que
l'on pourrait étudier la religion sur son propre terrain, là

se décèle le caractère normal à l'origine de ce qui peut
connaître un développement pathologique dans le phénomène religieux, tout en gardant, même alors,
l'empreinte de notre être humain normal, ce qui rend,
en principe, la guérison possible. Dans la religion, le
sujet peut trouver un moyen de surmonter les déceptions — c'est-à-dire les aspirations insatisfaites des
pulsions en lui —, *sans* s'exposer particulièrement à des
tensions dangereuses qui aboutiraient à une névrose,
mais simplement en tenant pour vrai l'objet de son désir
le plus ardent, dans la mesure où cette apparence de
vérité est une croyance assez généralement répandue, et
où cette croyance est elle-même attestée depuis la nuit
des temps, lorsque la distinction entre intérieur et
extérieur dans la perception était moins solidement
établie pour tous.

Il ne fait pour moi aucun doute que, chez bien des
individus, cette conversion est venue à point pour leur
épargner la névrose ; de même, nous avons découvert
(c'est l'objet des études qui ont commencé à partir de
*Totem et Tabou* et auxquelles G. Roheim, notamment,
a donné une impulsion décisive) que les états qui, pour
nous, dorénavant, relèvent uniquement de la pathologie
exprimaient, autrefois, des tendances générales d'un
psychisme normal.

Il n'est donc pas rare qu'aujourd'hui le sujet prédis-
posé à la névrose, pris dans la foule de ceux qui
partagent sa foi, se trouve délivré de l'isolement pathologique menaçant dans lequel il jetterait son délire
particulier ; le monde corrigé et embelli de son délire a
pour lui une existence réelle. Au lieu d'avoir besoin de
s'établir dans un retranchement où il serait préservé de
l'irruption brutale de la réalité, il se trouve pour ainsi
dire dans une réserve naturelle protégée, où même les
animaux prédateurs prennent un air doux — même si,

par endroits, ce domaine protégé côtoie une contrée
sauvage des plus inquiétantes. Ainsi ferait-on bien
volontiers campagne pour la propagation de la foi, si le
revers de la médaille n'avait de quoi rendre songeur.
Car il est de fait que le refoulement ne s'exerce pas
impunément, et que la vision optimiste obtenue en
maquillant des terreurs réelles a pour contrepartie le
surgissement de phénomènes qui nous désorientent par
leur inquiétante étrangeté. Et, de la même manière,
cette falsification — quand bien même elle serait
universellement accréditée — ne s'accomplit pas sans
qu'en pâtisse la part de réalité qui n'a pas été intégrée :
toute réalité qui, en soi, aurait mérité d'être vécue,
aurait pu être aimable, perd ses couleurs. En dénigrant
la réalité terrestre, on donne naissance à une réalité
diabolique : tout objet éclairé de la lumière céleste jette
des ombres infernales ; sans cela, en effet, le divin ne
pourrait se détacher nettement ; il deviendrait un dieu
sans ombre, comme Schlemihl[1], trahissant ainsi le
caractère contre nature du contenu de la foi. Il existe
toujours une corrélation étroite entre l'acte de « satani-
ser » et celui de diviniser ; la divinité s'enrichit de ce
dont l'homme, librement, se dépouille, et c'est la charité
divine qui vient parachever la pauvreté de l'homme, lui
conférer faussement le caractère d'une loi naturelle. Nul
ne peut prétendre à la félicité sans cette tragédie latente,
et il n'est aucune résurrection dans la foi derrière
laquelle ne se profile une crucifixion.

Toutefois, on note des variantes, selon que l'on
envisage, chez l'homme, les tendances vers un habitus
plutôt hystérique ou plutôt obsessionnel. Oui, dans le

---

1. Schlemihl est le héros d'une nouvelle de Chamisso (1814). Il a
vendu son ombre au démon en échange de la bourse inépuisable de
Fortunatus.

premier cas, rien ne prend un tour tragique pour celui qui a trouvé à se raccrocher à la foi, simplement parce que ce recours lui était suggéré par l'esprit du temps ou par son éducation, et qu'il était bien dans la ligne de son optimisme de privilégier d'emblée les vérités les plus agréables et de leur accorder foi. Par suite, il prend l'habitude de s'installer dans ce fauteuil confortable pour s'y reposer. Ce sont de tels « sédentaires » qui constituent peut-être la communauté de croyants numériquement la plus importante dans le monde. Car, chaque fois que la situation l'exige, ils recouvrent la conscience profonde de leur commune appartenance, ils sont portés tout naturellement à l'exaltation, atteignent sans effort aux cimes du sentiment, sans être aucunement soupçonnés d'hystérie. La base de leur foi reste très banale ; d'une certaine façon, ils commettent involontairement un abus en se servant de ce que d'autres, par l'intensité de leur foi, ont consolidé, rendu accessible et doté d'une valeur universelle.

Ces clients de grand magasin, qui, pour un prix raisonnable, font l'acquisition d'un oreiller ou d'une béquille, ces médiocres heureux, qui ont toujours le teint fleuri, sont bien éloignés de l'autre sorte de félicité que l'on trouve dans la foi. Ont part à cette félicité ceux qui, justement, furent d'abord des créateurs, dans la communauté des simples croyants. Le Dieu bienfaisant et secourable ne naît que de la ferveur avec laquelle on l'exalte, on le pare, on le magnifie, de même qu'une icône toute simple, de fer-blanc ou de laiton, se met à resplendir lorsqu'elle est revêtue d'une robe dorée ou ornée de joyaux. A celui qui se fait le créateur de son créateur et qui, dans cet acte, libère son énergie spirituelle productive, la foi accorde un don essentiel, bien plus que ne pourrait le faire la pratique d'une prière exaucée. La plaie née de son déchirement — la

poussée des pulsions, l'ambition de les maîtriser dans
l'ascèse — se referme dans la création, dans le processus
productif lui-même, du simple fait qu'un tel processus a
été possible. Au sens strict du terme, seuls de tels
hommes ont leur place dans le monde de la religion.
D'eux seuls on ne dira pas tout bonnement : ce sont
leurs désirs qui se façonnent un dieu correspondant à
leur volonté ; car l'essentiel, ici, c'est bien la profondeur
d'une inconscience qui, *à partir de l'impression de Dieu,
révèle l'homme à lui-même*. L'homme se découvre dans
cette réfraction de la divinité sur lui. Ce qui est une
donnée de notre nature humaine — le déchirement
entre la sécurité dans laquelle vit la créature et l'élan qui
pousse l'homme à étendre toujours plus le domaine du
conscient — se retrouve dans de telles âmes, dominé et
assumé dans un acte inconscient qui fait de l'homme,
par la puissance même de ses dons de créateur, l'être qui
reçoit.

Mais cela n'est qu'une partie de l'expérience religieuse, et ce qui reste à en dire est bouleversant. De fait,
cette manière de croire, la seule qui ne soit pas
galvaudée et qui constitue un accomplissement, n'appartient qu'à *l'homme qui doute*. Je m'explique : ce qui,
dans la foi, le soumet à sa propre puissance créatrice
comme à un produit de son inconscient doit nécessairement rester, un peu artificiellement, à l'écart de la
conscience, alors qu'il a trouvé pour elle un mot et une
forme, comme les objets de la critique consciente. Sinon
ce serait — au lieu de la félicité que puise l'artiste dans
son œuvre et dans sa création — le pressentiment cruel
de la vérité qui prendrait le pas. Ne voit-on pas que,
dans la totalité des représentations, seule une réalité
terrestre peut servir d'image, que Dieu ne peut se
présenter que comme une sorte de voisin géant, qui
existe sur le mode fantasmatique ou réel, comme une

gigantesque reproduction que l'âme reçoit à travers ses
attributs les plus humains ? Tout ce que l'on attribue à
Dieu existe sur terre : tels l'hostie qui vient d'une
boulangerie, le vin de la Cène, venu de la vigne et du
pressoir, la Révélation, ce jeu d'une ironie diabolique.
Si bien qu'on peut avoir le sentiment d'offenser Dieu en
se demandant si on ne lui substitue pas autre chose, si on
ne le confond pas avec une réalité terrestre, à notre
image.

Tous les autres doutes, ceux qu'on peut rencontrer
dans la société composite des « hommes pieux », et
jusqu'à l'angoisse dans l'âme du bon bourgeois préoc-
cupé de son salut, apparaissent minimes, futiles en
regard de ce doute unique, ce doute formidable, magis-
tral, le soupçon d'avoir échangé Dieu, de l'avoir offensé
en le livrant au terrestre, d'avoir étreint son contradicteur au lieu de l'étreindre lui. Car ce doute est *la foi elle-
même*. La foi n'est que l'enveloppe fragile de ce *doute*. Il
s'agit de comprendre qu'à aucun moment on ne peut
appeler Dieu, avec le désir qu'il se présente comme un
homme à un autre homme, qu'il soit là, comme une
chose qui ne serait pas omniprésente ; *il ne doit pas
exister de cas de ce genre, d'instant de ce genre*. Il s'agit
de comprendre que le culte de Dieu est déjà un nom
pour un vide, pour une lacune dans la piété, où résident
déjà la perte et le renoncement, un besoin de Dieu,
parce qu'il n'y a pas de possession, tandis que, en
dernière instance, Dieu ne pourrait exister comme Dieu
que là où on « n'a *pas* besoin » de lui. Qui voudrait
l'utiliser n'aurait plus « Dieu », mais quelque chose que
l'on désigne du doigt, que l'on pousse à prendre, d'une
façon ou d'une autre, une forme visible, terrestre,
interchangeable.

Ainsi la religion, destinée à alléger le poids de
l'existence, à consoler du délire, poserait-elle à

l'homme, sitôt qu'il la prend véritablement au sérieux, une exigence suprême, augmentant inéluctablement avec chacune des offrandes dont l'homme comble le dieu, et qui lui ferait ainsi oublier les misères de l'existence. Pour l'homme pieux, disposé à accueillir la Révélation, Dieu continue à coudre la capuche qui masque son visage ; pour rester là, dissimulé, sans que rien ne le trahisse : c'est justement ainsi qu'il *Est*. Tout ce qui se déroule là forme l'expérience la plus profonde peut-être susceptible de recouvrir le fonds originel, de côtoyer l'abîme de l'âme humaine, sans quitter le rivage de la santé. La foi est proximité du doute, la possession est proximité de la séparation, et c'est ce qui permet, dans le même temps, de triompher inconsciemment du délire. Jamais on ne pourrait réduire la portée de ceci en l'exposant à la lumière de la raison, réduire la part du « délire » en faisant intervenir la « vérité » au sens conceptuel. Ce processus est le fruit de ce qu'il y a de moins banal en nous, hommes, si bien qu'en le voyant nous nous taisons pour acquiescer à cette affirmation d'un vieux Père de l'Église : *Nemo contra Deum nisi Deus ipse* *.

---

* « Personne contre Dieu, si ce n'est Dieu lui-même. »

## 6

Mon intérêt pour l' « homme pieux » remonte à très loin. C'est l'un des problèmes qui n'ont cessé de me préoccuper durant presque toute mon existence, alors que pour vous, au contraire, il ferait partie de ce que vous ne laissez pas de considérer d'un œil critique ; et cependant — sur le plan scientifique — nous sommes parfaitement d'accord (vous me l'avez écrit encore récemment : « D'accord, comme par le passé »). Mais je crois toutefois percevoir parfois chez vous une réserve prudente : cette convergence de nos vues ne se limite-t-elle pas essentiellement à la « religion du commun des mortels », celle dont votre œuvre, *Avenir d'une illusion,* fait table rase, autant que faire se peut ? N'oublions pas que, dans notre propre camp, des voix se sont élevées pour nous mettre en garde d'aller trop loin, c'est-à-dire assimiler des projections grossières du désir sur le divin aux « spiritualisations » dont il est l'objet. Que dis-je ? Pour le rendre scientifique, on passe des contenus religieux sous l'éclairage de la philosophie ou de l'éthique. Mais vous me connaissez assez pour savoir que rien ne me répugne tant que d'ôter à Dieu sa vieille robe de chambre et de le revêtir d'un habit plus présentable, afin de l'introduire dans la haute société. Quelle ineptie de commencer par là ! En effet, ce n'est pas grâce à nos vues les plus éclairées que nous accédons à la piété :

celle-ci procède au contraire de la violence de nos représentations les plus infantiles, et le fétiche le plus grossier demeure l'objet d'une haute vénération, au côté d'un Dieu parfaitement ésotérique, tel qu'il se dégage de l'évolution (ou de la complication) de l'histoire des religions. En le faisant rentrer dans des catégories abstraites toujours plus restrictives, nous le confondons d'autant plus irrémédiablement avec nous-mêmes.

Voilà pourquoi il est regrettable que les courants les plus libéraux à l'intérieur de la théologie — voire, récemment, de la philosophie moderne — achoppent justement ici. Le Bon Dieu, risquant de disparaître à leurs yeux, n'ayant plus de statut bien défini — dans la mesure où il n'a plus le droit de faire cause commune, naïvement, avec le terrestre ni d'en reproduire approximativement la réalité dans un au-delà — erre en quête de substance, pris entre les illusionnistes qui nient son existence et les croyants qui nient la souveraineté de l'entendement. Jusqu'au moment où il lui faut se décider à rester à mi-chemin, c'est-à-dire à faire l'inverse de ce que vous lui proposez en lui laissant l'illusion, mais en lui prenant l'avenir : il refuse d'être pure illusion, arguant qu'il est, sinon encore un Dieu présent, du moins un Dieu à venir.

Ce Dieu en devenir, qui ne prend forme que peu à peu, qui attend de la raison humaine exactement ce qu'elle a reçu de lui, s'inspire largement, en le modernisant, du vieil Hegel. Il sera nécessairement réel un jour, parce qu'il est un être doué de ce haut degré de raison que le genre humain s'imagine avoir atteint. L'imagination, condition nécessaire de toute croyance, s'est ainsi trouvée renvoyer au genre humain une image avantageuse de lui-même, qui le flatte extrêmement. Ce qui, dans la démarche du croyant authentique, se situe à un niveau extrême de profondeur inconsciente (la tendance inévitable à l'anthropomorphisme) est ici haussé jusqu'à la conscience, placé dans un éclairage agréable, devant une image de soi complaisante.

C'est ainsi que l'orientation essentielle de la piété s'inverse : au lieu de connaître la quiétude au sein d'une réalité qui nous englobe, que nous soyons petits ou grands, que la conscience de notre moi personnel soit affermie ou entamée, nous nous précipitons dans toutes les formes de suffisance : puisqu'il est vrai que Dieu a besoin de l'éclat de notre grandeur pour exister, *celle-ci existe*, même s'il n'y a pas encore de Dieu. A force de répéter avec insistance que notre vie doit s'élever jusqu'à l'héroïsme sublime pour que Dieu advienne, nous ne cessons, manifestement, en adoptant ce compromis entre croire et penser, de nous éloigner de ce qui est à l'origine de toute piété. Ce regard qui, plongeant au fond de nous-mêmes, se lève irrésistiblement jusqu'au plus haut de nous, trahit ainsi — quand bien même l'individu n'en prendrait pas conscience, en dernier ressort — sa motivation la plus intime — comme elle s'est déjà trahie dans ce cri célèbre de Nietzsche : « S'il y avait un Dieu, comment supporterais-je la pensée de ne pas être Dieu ? »

Ce que nous avons élaboré plus haut n'est que l'écho affaibli de ce cri : de quelles profondeurs bien plus grandes, en effet, d'autant plus grandes que Nietzsche arrachait sa confession à des abîmes plus profonds, montait la force qui a mis en branle sa pensée : c'est le martyre d'une vie entière passée à la quête d'un substitut de Dieu. Voici la vérité que Nietzsche met à nu : l'homme d'hier ou d'aujourd'hui, avec la conscience aiguë d'être livré au danger de l'abstraction, ne fait que commencer, lentement, à se rendre compte de l'acte qu'il a commis en « tuant Dieu » ; il sent à peine

encore l' « odeur de cadavre », et n'a pas encore acquis
la capacité d'assumer son acte. Comme toujours,
Nietzsche fut excessif dans la conclusion qu'il en tira sur
le plan psychique : il rejeta, stigmatisa cet homme dont
la fixation au père avait fait un parricide, et avec lui
toute faiblesse humaine (*sa* faiblesse, comme s'il prenait
sur lui la faiblesse de l'humanité). Cette vérité intervint
encore dans les conclusions auxquelles aboutit sa philosophie. Elle amena celle-ci au seul endroit où se réalisa
le passage de l'aphorisme à connotation psychologique à
une doctrine : elle le conduisit à la prophétie que
constitue l'idée du Retour. Avec quelles conséquences ?
Renchérir sur la pesanteur extrême du destin de
l'homme (*son destin*), l'aggraver de la seule manière
encore possible : en disant que cette pesanteur n'est
jamais vaincue, que, de toute éternité, elle revient.
Nietzsche fut celui qui, en quelque sorte, promulgua ce
*décret,* signifiant sa volonté de prendre ainsi possession
« de millénaires » comme il laisserait « sur de la cire »
l'empreinte de sa main — ne fallait-il pas en effet que
celui qui agirait ainsi, l'homme qui porte, qui forge de
telles pensées, fût un surhomme ? Ici, la détresse du
fond de laquelle on s'est décidé à poser un acte de cette
suprême gravité émerge brusquement, pour jaillir à un
degré vertigineux d'arrogance. Elle ne pourrait se
mesurer qu'à un Dieu — et voici que l'on est le Dieu.
Que l'on s'est imposé au détriment de l'homme
repoussé, foudroyé, qui implore vainement de l'aide,
cet homme que l'on est aussi. Jusque dans les impréca-
tions qu'il lance contre le christianisme, Nietzsche laisse
transparaître l'horreur qui le saisit au spectacle de ce
malheureux mendiant, tout comme, dans sa vénération
pour la « Bête blonde », se fait jour l'*envie* qui le
ronge : vivre dans la sécurité que donne l'instinct et
pouvoir ainsi se passer de Dieu, sans déployer l'effort

gigantesque que requiert Sa quête, contrainte en définitive de *prêcher* le néant pour couvrir le cri du néant. On ne peut devenir à moins « producteur de Dieu » et, pour cette raison, il est fatal de propager de telles ambitions.

Mais voici le miracle : ce qui, chez ces hommes supérieurs, par la grandeur de leur sincérité, porte l'empreinte du génie, ce qu'ils nous communiquent du plus intime de l'homme, de ce qui se vit dans le secret de l'inconscient, voilà que cela parle déjà, rêve, tâtonne dans les propos des hommes simples, sitôt qu'ils s'adressent à leur dieu. La naïveté, la spontanéité avec laquelle ils portent au dieu leurs désirs et leurs délires les dotent, pour parler d'eux, d'une éloquence qui ne se rencontre que rarement par ailleurs, si ce n'est dans le rêve véritable. Prenons les mêmes productions, issues de l'être profond. Lorsque, à des époques tardives, chez les sujets « cultivés », elles sont élaborées à partir d'un niveau de conscience supérieur, elles restent à mi-chemin du génial et de l'infantile ; même si leurs contradictions, exacerbées au plus haut point, semblent s'être adoucies, aplanies, à l' « épreuve de la réalité », signe d'une plus grande conscience, elles se sont pourtant vidées de leur contenu profond et il n'en subsiste plus qu'un résidu de contradictions.

Dans notre investigation psychanalytique, nous sommes donc fondés à puiser, comme à une source d'eau courante, dans le fonds d'expériences et de représentations religieuses, tant chez les peuples anciens que chez l'individu contemporain (il me faut citer en premier lieu *le Dieu personnel et le Dieu étranger,* de Th. Reik, ainsi que ses études sur le blasphème), et nous sommes encore loin d'avoir mené à bien notre tâche. Dans *Dialogue avec la divinité* — c'est le nom qu'on aimerait lui donner — se déploie devant nous, comme dans un livre d'images, de la première à la

dernière page, tout l'éventail des désirs humains, sans
fard, jusqu'au moment où nous, spectateurs, tressaillant
à un souvenir, croyons reconnaître ce que notre âme,
puisant dans notre propre enfance, a exprimé un jour,
avec la même facture naïve et franche : lorsque les
fantasmes de notre monde intérieur sont venus au jour,
de manière grossière et primitive (comme sont dessinés
des objets dans des dessins d'enfants), ce qui était
infime étant devenu plus grand que nature, ce qui était
grand ayant été rapetissé, toutes choses étant empilées
les unes sur les autres sans souci de la perspective, pour
être également proches du cœur paternel, de l'oreille
qui exauce la prière, et toutes choses étant dites sans la
barrière de la pudeur, garanties par une caution contre
les scrupules moraux.

Dans cette façon de s'adresser à Dieu, la projection
de Dieu prend encore parfois, manifestement, l'aspect
d'un réflexe naïf, spontané, celui de l'homme-enfant
confiant en son salut — de la *créature* confiante qui,
dans la foi, acquiesce candidement à son existence.
Même lorsqu'elle a fait cent fois l'expérience de la
déception ou de la contradiction dans des tribulations de
toutes sortes, la créature n'en reste pas moins reliée à
une patrie, alors que nous, en établissant une opposition
trop consciente entre le monde et le moi, nous nous
égarons. Si l'on veut connaître le point d'où, en dernière
instance, nous tirons une semblable confiance, notre
confiance originelle d'êtres humains, nous dirons : nous
sommes également des créatures nées d'une mère, et,
de ce fait, sans être encore différenciés, nous accueillons
le monde comme nous-mêmes, puis, sortis de cet état où
nous croyions nous identifier à lui, nous jetons le pont
de l' « amour » pour franchir les distances qui s'accusent
toujours davantage.

Même la représentation de Dieu constitue une projec-

tion érotique de ce type. Si les parents que nous aimons
sont, à nos yeux, doués de puissance et de bonté dans de
telles proportions, c'est pour la simple raison que nous
trouvons le chemin du monde *sans être encore détachés*
d'eux : voilà pourquoi ils sont, comme des précurseurs
du dieu qui doit les remplacer par la suite, l'objet d'une
telle *adoration*. Celle-ci n'est rien d'autre qu'un souve-
nir-écran surgi de cette obscurité où ont glissé nos
impressions premières avant que nous apprenions progressivement à établir une séparation de plus en plus
nette entre le moi et le monde. Voilà pourquoi, *depuis
toujours*, l'être le plus aimé a reçu en partage notre
adoration, et, même une fois passé l'ivresse éphémère
des sens, l'a conservée, tel le noyau au cœur du fruit,
comme le fond de son âme. Car, de même que nous
accédons à notre identité par la naissance, cette donnée
de notre être charnel, c'est dans notre chair seule que
s'est conservée cette donnée originelle, ce point d'où
nous partons pour arriver, dans l'amour, au « toi »,
passant de la relation au partenaire le plus semblable à
l'homme à l'ultime étreinte cosmique.

Il est significatif, à cet égard, que toute représentation
de Dieu, quelle qu'elle soit, se défende d'être conçue
dans une totale abstraction qui la ferait glisser hors du
domaine de l'*érotique* — alors que c'est l'érotique seul
qui lui fait prendre *consistance*, qui rétablit le contact
avec l'être charnel originel. Ce n'est pas un hasard si ce
sont justement les hommes les plus pieux qui, souvent,
ont attiré l'attention sur la corrélation profonde existant
entre religion et sexualité, malgré la réprobation terrible
qui s'attache à l'établissement d'une telle parenté. Bien
que l'on pose toujours l'antagonisme entre les deux, il
ne suffit pas de dire qu'il entre dans la composition de la
jouissance un élément de nature à corrompre la pureté
du religieux, ni que la jouissance relève d'une concep-

tion primitive ; c'est là, bien au contraire, que se noue
l'union intime, profonde, de la prière et du sexe, dans
une relation d'interdépendance constante.

Cela n'est-il pas à rattacher au fait que ces états
d'exaltation dans lesquels l'intensité du sentiment fait
éclater le plus brutalement les cadres de notre conscience raisonnable ne peuvent se décharger qu'en trans-
gressant les frontières du corps et en débordant sur son
territoire ? C'est seulement en ne dépassant pas un seul
moyen d'affectivité que nous restons dans le cadre du
système où les impressions de l'esprit et les saisisse-
ments de l'âme sont soigneusement distingués les unes
des autres. Mais lui, le corps, recueille l'excédent pour
le dispenser généreusement sur ces expériences doubles
qui nous sont familières de par la pratique de la
sexualité, où émotion physique et émotion psychique
coïncident. C'est donc justement lorsque nous nous
figurons être affranchis de la chair, en dehors de nous,
que notre être charnel, resté naïvement fidèle, nous
accueille, unit les deux dans la chaleur d'un même sang,
et, en lui, nous ouvre encore un espace. C'est pourquoi
les représentations de nature spirituelle sont celles qui
nous apparaissent le moins dépourvues de sexualité,
simplement parce que la sexualité prend sa source à une
profondeur plus grande, qu'elle ne se réduit pas à ces
minces filets que peut en percevoir notre être conscient.
Les expressions « en haut », « en bas » cessent d'avoir
un sens, tout autant que les mots « élevé » et « profond » ; l'un est toujours en même temps la racine de
l'autre. Que ce soit dans l'ascension ou dans la chute,
dans l'adoration ou dans le plaisir charnel, l'expérience
vécue dans *sa pleine dimension* n'est contestable que
pour le spectateur qui lui reste extérieur, celui dont
l'esprit fonctionne sur le mode de la distinction — seule
manière d'en rendre compte au plan de la conscience —

au lieu de chercher à la comprendre de l'intérieur, seule démarche fermant l'anneau.

Dans les faits, nous ne sortons jamais du tout formé par l'un et l'autre, c'est une chose que nous « savons », indépendamment de toutes les distinctions opérées par notre conscience. Cet état de naïveté, dans lequel l'un prend la place de l'autre, où l'un est identifié à l'autre, cet état qui est le propre de la créature, de l'enfant, de l'enfance du genre humain pendant un long moment, illustre la vérité du mot de Novalis : le premier homme a été le premier visionnaire, c'est-à-dire un être qui, courageusement, a refusé de croire que l'on pouvait tout simplement isoler une réalité extérieure de ce qui ne peut être appréhendé que de l'extérieur. C'est peu à peu seulement que la conscience, en s'aiguisant, opère la séparation : l'identification est mise en retrait derrière le pis-aller de l'image symbolique (le « symbole », au sens que nous lui donnons dans notre conception psychanalytique, signifie : figurer la présence d'un souvenir qui a glissé dans le refoulement par une formation substitutive dans laquelle sa signification cherche à pointer). C'est de cette manière indirecte que, pour l'homme (il en va de même, dans les cas pathologiques, pour le sujet qui refoule et le malade, pour qui le « symptôme » remplace le « symbole »), l'homogénéité de la vie consciente et inconsciente reste maintenue comme auparavant. Il subsiste toujours une bande assez mince de *no man's land* où se rencontrent les deux types d'expérience, quelles que soient par ailleurs leur apparente hétérogénéité, leur hostilité réciproque.

On aimerait évoquer ici Ferenczi, qui (comme toujours) fait la réflexion la plus pénétrante. Il dit que notre joie à former des symboles n'est pas « à assimiler uniquement à une manière de nous épargner un effort

intellectuel » (donc n'est pas seulement, comme c'est le
cas dans votre technique du mot d'esprit, un avantage
du point de vue de l'économie du psychisme), mais
qu'« il se pourrait qu'il y ait derrière elle le plaisir
particulier que nous avons à retrouver. (...) La tendance
à retrouver ce qui nous est devenu cher dans tous les
objets du monde extérieur est probablement aussi la
source de l'activité symbolique ». Il y a bien longtemps
que nous n'estimons plus (comme le faisait encore
M. Pelletier en parlant de Jung) que *le symbole n'est
qu'une forme très inférieure de la pensée**. Nous lui
reconnaissons pour ainsi dire sa propre logique, ce que
le Suédois I. Lindquist exprime le mieux en disant :
certes, dans le domaine du symbolique, la proposition
« A n'est pas *non** A » perd sa valeur logique, mais
c'est seulement au cas où les nombreuses ressemblances
entre les A de diverses sortes lui infligeraient un
démenti que l'on prendrait ce principe *exclusivement* au
sérieux.

Aussi longtemps que le symbole s'inscrit dans le
prolongement immédiat des identifications qui, en quelque sorte, se sont conservées en lui, il n'est guère
possible de parler de religion, celle-ci restant alors trop
étroitement liée à sa forme primitive, la magie ; dans la
magie, des rites et des coutumes actualisent ce que
l'homme renferme encore en soi, comme une donnée
évidente de sa nature, le sentiment d'être, en dernière
instance, solidaire du monde étranger qui lui fait face,
avec toutes ses virtualités effrayantes. Rite et coutume,
dans la religion, unissent *de facto* l'homme et le monde ;
ils réalisent l'accomplissement de cette union — au lieu
d'en formuler une théorie ou une doctrine. (J'aimerais
citer un autre passage, cette belle phrase de S. Reinach :

---

* En français dans le texte.

*Les rites tendent à diviniser l'homme. (...) Grâce à la
magie, l'homme prend l'offensive contre les choses, ou
plutôt il devient le chef d'orchestre dans le grand concert
des esprits qui bourdonnent à ses oreilles\*.)*

Où faut-il situer le véritable point de départ de toute
religion ? On pense qu'il est établi lorsque la divinité
dont l'homme se pare au stade magique s'est donné un
visage spécifique, s'est objectivée dans des figures de
dieux. Mais c'est ici aussi que commencent à se poser les
problèmes inhérents à l'histoire de la religion. Car, au
fond, que se passe-t-il ? L'homme, qui a progressivement affiné sa connaissance et son expérience au contact
du monde qui lui fait face, donne forme à ses dieux en
intégrant des impressions de la réalité, prend l'extérieur
pour modèle, conforme les dieux aux désirs et aux aspirations extérieurs. La spontanéité de l'être en sécurité
dans l'existence — disons de la créature qui ne s'est pas
encore totalement détachée de l'extérieur — fait place à
l'attitude du croyant, à une démarche qui requiert une
foi consciente, dans laquelle l'objectivation n'est plus
simple réflexion spontanée de l'image, mais impression
marquante de structures intermédiaires. Comment pour-
rait-il en être autrement ? La connaissance du monde,
incontestablement en progression et d'une importance
capitale, se voit conférer de surcroît une tâche annexe :
elle doit nous servir, avec ses formes et ses couleurs, à
élaborer une connaissance du monde de l'au-delà ; celle-
ci est même pratiquement à l'opposé de ce qui relève de
la pure magie, dans la mesure où elle offre des garanties
qui sont tout sauf magiques — précisément parce que
l'enjeu n'est pas simplement la vertu du symbole,
encore moins la conservation de l'identité avec le
monde. Bien au contraire, elle met en place des manda-

\* En français dans le texte.

taires authentiques qui transmettent le divin dans le réel.

Mais le pas décisif qui a été ainsi franchi n'est peut-
être pas ce qu'il y a de plus troublant dans le déroulement inexorable de ce processus. En effet, de même que
les divinités se définissent en fonction des désirs, du
secours attendu, qu'elles se gonflent des espoirs déme-
surés que l'homme fonde en elles, ainsi en va-t-il de
l'envers des désirs humains : l'angoisse qui saisit
l'homme à la pensée du malheur, de la mort, de
l'anéantissement. Lorsque l'enfant, au seuil de sa nouvelle existence, est empli de la nostalgie du sein
maternel, et que s'éveille, néanmoins, en lui le désir
impérieux de vivre, de s'affirmer maintenant en dépit de
tout, de ne pas être encore attaché au « monde », nous
supposons, dans le cas normal, que ces deux volontés
vont s'équilibrer réciproquement, leur influence
conjointe s'exerçant comme un stimulant, que la vie
recueillie à la source de l'existence maternelle va
s'incarner dans l'existence d'un individu. Mais, si cependant, comme c'est le cas dans les religions où prennent
corps les dieux que forge le désir, ce que l'on redoute
prend aussi une consistance réelle, alors monte de
l'obscurité maternelle l'horreur de l'anéantissement,
« obscur » ne qualifiant pas ici ce qui n'a pas de
couleurs, ce qui est retranché, invisible, en sécurité,
mais au contraire ce qui est mis en jeu pour combattre
toute clarté, toute couleur. Ce sont des divinités de deux
sortes qui se trouvent ainsi face à face. Là ce sont nos
désirs, ici ce sont nos angoisses qui se donnent libre
cours ; là, les dieux ne tiennent pas les promesses dont
ils étaient prodigues et, ici, les divinités adverses
menacent d'anéantir ce qui existe déjà. Si, dans les
religions, ce sont toujours les représentations les plus
primitives de la divinité qui ont montré le visage le plus
redoutable, le plus sombre, le plus cruel, ce n'est pas

seulement parce qu'elles sont détrônées par les dieux qui prennent leur succession, et donc rabaissées, bafouées par eux, il y a plus : c'est là que se lit toute l'évolution de l'esprit qui se tourne toujours vers plus de clarté dans l'existence et vers les cadres de la conscience, dont les dieux plus tardifs tirent leur caractère propre. Pourtant, du fait que cette hétérogénéité s'intègre, au niveau conceptuel, à un édifice gigantesque, qu'elle se traduit à l'échelle du divin, on en arrive, chez l'homme, à une attitude dualiste en face de la réalité. Les *deux* lignes qui partent vers la vie, qui se dégagent au moment de la naissance, de l'entrée dans l'humanité, se combattent au lieu de s'équilibrer, parce que, face au monde situé au-dessus de lui et en dehors de lui, l'homme se trouve dans une détresse toujours plus radicale.

Voilà bien le point où la religion, dans sa construction, s'engage le plus loin sur la voie de la pathologie. Placé entre l'étroitesse de son champ conscient et l'étendue du domaine inconscient, l'homme réduit cet espace jusqu'à en faire la porte étroite de la mort ; d'autre part, au prix d'une illusion, il double le champ limité du conscient, dont il fait une annexe occupée par les formes divines. C'est ainsi que l'un passe dans l'autre, semant la confusion, que les places assignées s'échangent réciproquement. Et l'homme, de quelque côté qu'il se tourne, quelque choix qu'il fasse, se trouve, du fait même qu'il est homme, mis en tort. Car il n'y a pas d'issue, en dehors de celle à laquelle les religions finissent par aboutir : l'*aspiration à la rédemption*, la *doctrine de la rédemption*. Les religions qui ont un fondateur espèrent trouver en lui l'homme qui, magiquement, les affranchira de ce qu'elles ne peuvent plus combattre par des moyens naturels. Le rédempteur est ce vieux magicien qu'il a conservé en lui — si l'on n'envisage que le début ou la fin ; l'être déchiré, désespéré, en recourant à lui retrouve la voie la plus ancienne du salut : le lien qui à l'origine rattachait l'humain au sein primordial. Le fardeau dont on se décharge sur les épaules du rédempteur, c'est la détresse humaine ; mais en dernier ressort, l'homme ne peut l'éprouver que comme une faute dont il porte la responsabilité, comme une tare irrémédiable, l'homme ne peut que se sentir coupable d'être devenu homme, follement téméraire de vivre sa condition d'homme, et désespérer de ce qui le ligote toujours.

Ce qui se manifeste ici sous la forme du désir de rédemption touche aux couches conflictuelles les plus souterraines de la nature humaine et ne pourra jamais, de ce fait, être totalement supprimé avec le développement de l'entendement. Et, bien souvent, chez ceux à qui semble manquer cette dimension, la « surface » n'est qu'une apparence, au sens littéral du terme. S'y substituent, en réalité, à une plus grande profondeur, des tentatives de refoulement de l'angoisse existentielle, des idoles qui prennent la place de dieux et tous actes (par exemple des excès pratiques ou érotiques) qui donnent l'impression de venir en aide en déviant les sentiments dans d'autres sphères. L'attitude qui consiste à sourire en ignorant le besoin humain de rédemption, comme s'il ne valait que dans des cas de détresse superficielle, auxquels on ne serait exposé qu'une fois, et dans lesquels la raison, et non la superstition, nous serait de quelque secours, est souvent une façon de nous abuser nous-mêmes, de même que la religion, sous couvert de nous protéger, nous abuse. Si quelqu'un pouvait vraiment s'en tirer en vivant à la surface de soi, sans un regard pour les profondeurs de l'existence, il serait proche, déjà, de ce que Schopenhauer a nommé l'« optimisme infâme ».

Mais n'oublions pas l'autre aspect de la question, à savoir le malaise que nous éprouvons en face du phénomène religieux, dans la mesure où la religion empêche de parvenir à la maîtrise de l'existence, ce qui est pourtant son dessein avoué. Car l'opposition n'est pas tant entre « savoir » et « croire » qu'entre le désir impétueux d'aller vers le réel et celui de s'illusionner soi-même. Anticipant sur la maîtrise de l'existence, la concrétisant dans une vision pieuse, l'illusion maintient une séparation entre nous et l'expérience originelle de l'existence qui s'empare de nous, nous terrasse. Il n'y a que l'expérience vécue pour plonger jusqu'aux couches où la vie et la mort touchent l'une à l'autre, où, « concrètement », elles deviennent sans importance. De là vient que, parfois, dans les analyses thérapeutiques, on a l'impression de voir, sous l'effet de la guérison, fondre toutes les croyances que l'éducation avait inculquées, ou que le sujet s'était fabriquées lui-même.

C'est alors comme si l'analysant, honteux — du fait même de son attachement fervent au contenu de sa foi —, réalisait qu'il n'avait fait qu'en abuser pour servir ses desseins morbides, qu'il l'avait assimilé à sa névrose, réduit à la même misère. C'est une détresse extraordinaire qui agit là comme une contrainte formelle, le sujet réagissant par la croyance obsessionnelle à l'accomplissement de ses désirs — et il n'y a détresse extraordinaire que dans la névrose. Mais c'est là aussi ce qui provoque la résistance à la guérison, car la détresse névrotique a besoin du désespoir pour accréditer son activité fantasmatique. La suppression de la religion n'a pas une portée uniquement négative ; au contraire, une valeur positive s'en dégage : le sujet est plus résolu, plus disposé à affronter l'existence, sans établir une séparation artificielle entre ce qui fait sa détresse et ce qui fait sa splendeur, car nous sommes dans les deux.

Ainsi pourrons-nous régler la question de savoir comment trancher les différends religieux qui surgissent entre l'analysant et l'analyste. En fait, il n'y a rien à trancher. Plus est authentique la démarche par laquelle ils s'acheminent ensemble vers leur but, la guérison, plus grande est leur certitude de prendre appui sur le même sol, et ces questions, alors, n'ont plus lieu d'être. Dans les pérégrinations de l'existence, dure et aride, dussent leurs chemins prendre des directions totalement différentes, c'est pourtant à la même source que s'étanche leur soif — comme c'est au bord de la même oasis que se rencontrent les animaux du désert, lorsque s'annoncent l'aube ou le crépuscule.

## 7

Quand des images émergent du domaine religieux avec une poésie naïve, c'est que le phénomène de la foi confine au processus créateur ; tous deux sont issus d'un stade originel où ils sont inclus, sous une forme encore indifférenciée et non spécifique, avec tous les types d'activités humaines. De même l'art confine-t-il à la magie et à la religion, qui sont une façon de conjurer ce qu'on croyait pouvoir transformer en réalité. L'art, entendu dans un sens qui s'éloigne de cette conception, prend naissance en tant que création substitutive de notre résignation face à ces puissances magiques ; il renonce à influencer la réalité environnante et se conçoit comme une seconde réalité, juxtaposée à celle qui occupe solidement la première place. Nous créditons toute œuvre d'art d'impressions que nous ne pouvons recevoir d'aucune réalité extérieure et qui, pourtant, nous communiquent quelque chose qui n'est pas seulement le fruit de la subjectivité mais semble fondé objectivement. C'est là justement ce qui, dans les systèmes philosophiques, fait s'élever l'« esthétique » jusque dans les sphères de la métaphysique ; à partir du monde supra-sensible, on redonne aux moyens de représentation réels, dont l'art doit se servir, la signification nécessaire qui manquait à leur sens originel.

Si je dis que cette intention secrète de toute métaphy-

sique me semble non seulement rectifiée mais aussi,
d'une certaine façon — même si c'est en sens inverse —,
satisfaite par la psychanalyse, n'en prenez pas ombrage,
comme si je voulais faire endosser à la psychanalyse
quelque chose qu'elle n'est absolument pas disposée à
supporter. J'avoue que, pour moi, c'est magnifique de
lui faire endosser cela, parce que c'est le fruit de vos
propres arguments, tels que vous nous les avez exposés,
il y a dix ans déjà, dans *Au-delà du principe de plaisir,* et
qui, puisant dans l'en-deçà, rendent caduc l'au-delà
supposé de la métaphysique. En interprétant des rêves,
vous aviez remarqué qu'à côté de ceux qui, sous l'effet
de la franche liberté que confère le sommeil, sont à
même de réaliser nos désirs (dans la mesure où les
rappels à l'ordre de la conscience ne les transforment
pas en rêves d'angoisse) il y en a aussi qui pénètrent
jusque dans des sphères archaïques, dans une sorte de
préhistoire du rêve, où il n'est tenu apparemment aucun
compte de « nous », de notre position face au plaisir ou
au déplaisir, et où se reflète en toute simplicité, dans un
pur automatisme de répétition, ce qui s'est produit à
l'intérieur de nous. Cette couche plus profonde que
celle qui est centrée sur notre moi — cette couche
toujours existante, même si nous ne la remarquons que
par-ci, par-là (de même que vos rêves axés sur le plaisir
ou le déplaisir se poursuivent inconsciemment en nous
dans les périodes de veille) — semble nous indiquer la
sphère de ce que nous avons coutume d'appeler le génie
créateur de l'être humain. Car, pour s'arracher à toute
contingence liée à la personne, ce dernier doit prendre
naissance dans un lieu plus archaïque, plus proche de la
créature que l'évolution consciente qui aboutit à notre
existence concrète et logique. L'artiste créateur serait le
conservateur d'impressions originelles qui résistent à
l'*évolution,* laquelle est aussi une forme de limitation

restrictive, et qui recourent encore à une sorte de contrainte de répétition. Ce qu'on appelle le « talent artistique » ou le pouvoir créateur serait la transposition, dans l'œuvre, de cette contrainte, dans une seconde réalité nouvellement tracée. Et c'est dans la mesure où chacun a en fin de compte des racines dans cette même couche profonde qu'il serait touché par l'œuvre du créateur, qu'il aurait le sentiment de prendre une part active à l'effet qu'elle produit.

Ceux qui accueillent la psychanalyse avec scepticisme se sont vu accorder une satisfaction — qui prête comme toujours à un certain malentendu — quand vous avez admis qu'il y avait quelque chose au-delà du principe de plaisir et de déplaisir, encore que vous l'ayez concédé vers le bas et non vers le haut ; mais il est intéressant de voir que tout ce qu'on qualifie de « plaisir suprême » présente pour nous ce caractère. Ce qui signifie chaque fois, au-delà des phases intermédiaires orientées sur la personne, un recul de nos limites — et même souvent quelque chose qui allie étroitement « bonheur et douleur », un état où l'on est « hors de soi » et qui est ressenti comme un retour chez *soi*. En plus d'une attitude masochiste de sacrifice de soi ou de tout autre comportement pathologique qui constitue une régression au stade le plus infantile, où l'individu n'est pas encore constitué en tant que tel, cela repose simplement sur le fait que nous émergeons de profondeurs plus obscures que nous n'en avons conscience, et, quand cette passivité primordiale se transforme en une action *renforcée,* nous parlons de pouvoir créateur. Une partie de l'inconscient se place au milieu du monde conscient qui nous fait face, elle s'empare avec avidité de toutes ces réalités comme d'autant de moyens d'expression pour cette autre réalité nouvelle, et son existence s'accomplit totalement dans l'élan passionné qui la

pousse vers sa réalisation. Cette émergence de l'inconscient dans le processus artistique est ce qui équivaut
pour nous à la *forme*. Elle n'est rien d'autre que
l'inconscience du contenu lui-même, qui nous reste
généralement inaccessible (sauf dans des cas pathologiques) ; elle n'est rien à côté de lui : si elle est si
vulnérable à la moindre atteinte et aux plus petits
changements, c'est que le contenu cesse d'« exister »
avec elle. Elle s'empare de tout le réel où le monde qui
nous fait face se présente à nous sous une forme visible
ou abstraite, et l'oblige — pour tous ceux qui ressentent
les choses comme elle — à exprimer autre chose que ce
monde tangible que la logique peut aisément concevoir.

Dans la mesure où il me semble que la psychanalyse
ne reconnaît pas tout à fait ce à quoi il a juste été fait
allusion ici, je suis une hérétique sur trois points de sa
conception de l'art. Premièrement, en ce qui concerne
le rôle exagéré qu'elle attribue au rêve diurne — qui
peut bien sûr prendre chez l'artiste une forme particulièrement plastique, mais dont on ne peut vraiment pas
tirer grand-chose pour traiter le problème de l'art, parce
qu'il sait parfaitement parler de lui-même. En effet,
chez l'artiste, la forme et le contenu sont deux choses
différentes : son rêve aspire à la réalisation *véritable* de
ses désirs, et c'est parce que cette réalisation ne se
produit pas, ou qu'elle tarde, qu'il en vient à leur
donner une forme créée par son imagination. C'est là ce
qui le distingue de l'œuvre d'art, non seulement par son
intensité, mais encore par son essence. On peut même
dire que, dans une œuvre d'art où un tel processus a été
opérant, on sent un point mort ou une tache aveugle
(indication précieuse quant à la possibilité d'analyser
l'œuvre, justement parce qu'elle touche de façon sensible le fonds pulsionnel de l'individu). Ainsi, les œuvres
d'art sont traversées par la volupté, et pourtant, si une

seule goutte s'échappe de ce cycle clos, c'est comme si un organisme voyait s'atrophier l'un de ses membres. De même, pour assurer la réussite de l'œuvre, il faut non seulement que la substance de ce qui l'a initiée ait sombré dans l'oubli, mais encore qu'elle ait été *épuisée* : comme toute matière enterrée, elle doit se décomposer, se transformer en quelque chose d'autre, végétal ; c'est alors sous une forme bien différente que cette parcelle de terreau est englobée dans l'œuvre d'art, avec tout son nouvel *amour*, tout en maternant jusqu'au dernier des osselets.

En deuxième lieu, et en rapport avec ce qui précède, je ne vois pas comment on peut expliquer le processus artistique, la création humaine en général, à partir des *refoulements*, quoiqu'ils entrent en jeu assez souvent, voire toujours, en tant qu'incitation indirecte, par l'intermédiaire de cette pression qu'exercent le désir et la non-satisfaction et qui stimule l'expression. Cependant l'essentiel reste toujours ce qui, en fin de compte, n'*aspire* pas à une réalisation du désir dans le réel — on pourrait dire plutôt que la création provient d'accomplissements, de la puissance avec laquelle ce qui n'est pas encore attaché à la personne est involontairement, impérieusement poussé à se réaliser. C'est en cela qu'elle est à l'exact opposé du pathologique qui « régresse » dans l'infantile et que les refoulements chassent jusque dans une zone close. Elle permet au sens originel du vécu de s'élever à un niveau que la conscience peut appréhender, elle réalise en quelque sorte l'union du haut et du bas en ouvrant une nouvelle voie, qui, dans la palette habituelle des désirs, n'aspire à aucun but. N'est-ce pas la raison pour laquelle il semble, aux yeux du créateur — et de ceux qui sont réceptifs à l'œuvre créée et capables d'en jouir —, que soient abolis les interdits et les lois qui entravaient ses désirs, tout ce qui, au-delà de cette heure privilégiée, de cet espace en quelque sorte vide d'air et de désir, le tourmentera à nouveau ? Vous le dites vous-même : « Pour cette constellation-là, l'inconscient rend justice au moi sans que son refoulement soit modifié en quoi que ce soit. Dans cette coopération, le succès de l'inconscient est évident ; car les aspirations fortes se comportent tout à fait différemment des aspirations normales et permettent d'accomplir des œuvres parfaites. » Voilà qui règle la question épineuse de savoir si le créateur a le droit d'utiliser pour son œuvre tout ce que l'humanité renferme de douteux : cette revendication empêche effectivement de se consacrer à d'autres buts, et il est fréquent que cela prenne un tour assez tragique dans la mesure où l'artiste, dont on pourrait dire justement qu'il est un « obsédé de la perfection », souffre doublement, eu égard à sa sensibilité exacerbée, des imperfections de la vie et des siennes propres.

Et c'est là qu'intervient ma troisième hérésie : elle concerne la plus-value accordée au social dans la création artistique. Il est évident qu'il y a sa place, de même qu'à l'origine les préalables de la magie et de la religion s'y reflétaient dans leur unité encore intacte. Mais une fois déterminée la spécificité des formes d'activité humaine, le social n'entre pas en ligne de compte en tant que finalité de l'art, et, s'il intervient, ce n'est pas autrement que pour les motivations humaines habituelles, comme le désir de gloire, l'envie de gagner de l'argent, ou d'autres choses encore. On n'est un créateur que sous la poussée jubilante de l'œuvre, et, même si, d'autre part, on s'intéresse à ses semblables, que ce soit sur le plan « éthique » ou « érotique », ces facteurs ne participent pas au processus qui conduit à l'œuvre : ils ne sont que des intermédiaires « entre l'œuvre d'imagination et la réalité extérieure ». Cela est

essentiel également en ce qui concerne l'érotique — et
c'est là la seule chose que le public soit prêt à la rigueur
à concéder à l'artiste. Mais on pense là à l'érotique au
sens de libido d'objet, alors que les sources qui s'écou-
lent au voisinage de sa productivité ont leur origine dans
une région bien plus reculée, et c'est en creusant jusque
dans les phases précoces de la sexualité que nous
pouvons le mieux les découvrir.

Selon notre conception de la psychanalyse, on peut
toujours trouver des relations très fortes, à partir de ce
que nous appelons les « talents », avec un mode
d'expression de l'érotique de type cutané, oral, anal et
même sadomasochiste, et nous présumons qu'il commence à dévier du but sexuel de la maturité pour se
mettre au niveau de l'esprit — tout au moins en
partie —, pour se « sublimer » (« la sublimation prend
le chemin qui passe par le moi », Freud). Sans doute
conserve-t-il, bien au-delà du point où nous pouvons le
suivre, son assise spécifique, située aux origines les plus
anciennes, quand sujet et objet n'étaient pas encore
distincts, et c'est ce qui fait toujours apparaître l'artiste
comme quelqu'un de très « narcissique ». Alors que la
puissance de l'amour jette un pont par-dessus toutes les
différences, l'aptitude érotique fondamentale significa-
rait donc un manque de distance, une forme préliminaire de l'amour, un fonctionnement particulièrement
durable du mécanisme d'identification — tandis que,
au-delà, son évolution ultérieure l'oriente vers la libido
d'objet.

Dans cette relation étroite qui lie l'érotisme précoce à
la conscience du moi déjà orientée vers l'esprit, il y a un
élément ascétique accablant pour le créateur, à savoir
que, partiellement, son érotisme ne cherche pas à se
réaliser et à évoluer dans la chair. L'œuvre est *sa*
réalisation charnelle ; ainsi l'artiste paie-t-il le prix de la

concurrence douteuse qu'il fait à Dieu en se faisant créateur de réalité. Ces richesses et ces trésors qu'il se réserve — bien qu'ils s'appauvrissent en passant dans le conscient — l'obligent au renoncement, de même qu'un plongeur vêtu d'un équipement étanche ramasse des trésors au fond de la mer pour les remonter à la surface, et n'est relié au monde, *pendant* toute son activité, que par le tuyau qui lui permet de respirer. Si l'artiste ne parvient pas à ce renoncement total, ce qui devait devenir puissance productive retombe dans la phase infantile de l'érotisme. Entre ce processus charnel et la production artistique, qui libère ce même processus, s'étend tout le champ du pathologique, telle l'araignée dans sa toile guettant l'épuisement de la mouche.

On repense là à la façon dont Ferenczi expliquait le mode d'expression quasi « magique » des états de type hystérique. « A partir des matériaux disponibles dans le corps », l'hystérie sait emprunter des symboles pour désigner ce qui, à la suite d'un blocage du conscient provoquant le refoulement, « rend productive notre force pulsionnelle érotique à l'intérieur des limites de notre corps » : « La séparation normale entre l'organe de réalité et l'organe central érotique est abolie, et c'est cette confusion des deux qui rend les hystériques capables de multiples performances... Se fait jour alors la base organique sur laquelle est construite la symbolique touchant au domaine physique... Les phénomènes de matérialisation jettent également une lumière sur le corrélat physiologique de la création artistique. »

Le flou de cette frontière qui sépare la création artistique du glissement dans l'expérience du corps se trouve confirmé de façon impressionnante dans le bref épisode de Duino (1913) écrit par Rilke (publié à l'origine dans l'*Almanach Insel* de 1919, sous le titre « Expérience vécue ») : « Les épaules appuyées contre

la fourche d'un arbre », il eut le sentiment que l'être de
cet arbre passait littéralement en lui. Dans ce récit, qui
se veut logique, cela reste du « vécu », sans devenir une
expérience poétique, cela reste une expérience corporelle vécue dans un état de quasi-somnambulisme, sans
être transposée dans une œuvre où la personne de
l'artiste s'évanouit ; c'est pourquoi elle le préoccupe, et
une lettre écrite bien après les premières notes rédigées
à ce sujet en Espagne montre à quel point elle le
tourmentait.

Des cas analogues à ce qui fut l'exception chez Rilke
sont souvent caractéristiques des états d'exaltation par
exemple, que l'on peut prendre pour des accès de
mysticisme ou de romantisme, mais qui restent liés au
besoin de se satisfaire par l'illusion. Tous ceux qui
méprisent l'art trouvent là les meilleurs arguments
contre l'artiste : celui-ci serait une sorte de filou qui
s'élèverait au-dessus du monde chaotique des choses, où
règne le froid de la mort, monde que nous nous
efforcerions de remettre en ordre sur les plans de la
pratique et de la logique, au lieu de nous illusionner —
ce qui est plus confortable — comme le fait l'artiste.
Mais cette objection manque sa cible face à l'œuvre
réalisée : l'artiste tire ses sensations d'impressions
archaïques, où, pour lui, le monde et l'être humain
étaient encore unis pour constituer la *réalité,* et c'est elle
qui se réalise à nouveau dans l'*œuvre.*

Une autre objection, plus importante, repose sur le
fait qu'il y a dans le processus de création une frontière
qui ne rejette pas dans les états intermédiaires mi-
corporels, qui sont ceux de l'enfance, mais qui, au
contraire, propulse au-delà des contingences et des
conceptions humaines telles qu'elles existent en dehors
de l'œuvre. Dans le vécu normal, nous sommes dans un
état de dépendance soumise face aux pressions du réel,

mais en même temps nous en sommes maîtres dans la
mesure où notre identité est relativement exempte de
clivage entre la plus forte poussée de l'inconscient et la
plus claire conscience de soi. Dans la création artistique,
cet état de choses est quasiment renversé, car la réalité
de l'œuvre exige que le réel se mette sans aucune
réserve à son service en tant que moyen d'expression —
mais que d'autre part cet artiste despotique devienne la
créature de son propre inconscient et obéisse passive-
ment à ce que celui-ci lui suggère. L'art, dans sa
spécialisation, c'est-à-dire quand il se soustrait à la
totalité humaine la plus originelle et s'émancipe par
rapport à lui-même, n'apparaît pas tout à fait à tort
comme menaçant pour l'homme — il n'est absolument
pas aussi inoffensif qu'il peut en avoir l'air quand nous
ne le prenons pas au sérieux. Il se produit là presque la
même fatalité qu'avec l'Éros : de par sa spécialisation
(due à des interdits religieux), le caractère d'évidence
qu'il avait quand il était originellement allié au reste de
l'humain, au « haut » et au « bas », s'est brusquement
élancé vers des états d'exaltation romantiques qui sont
très beaux mais qui compromettent sérieusement la
possibilité de l'inscrire dans la totalité de la vie. Ils ont
poussé l'Éros dans une position marginale, lui qui, outre
satisfaire les besoins physiologiques, sait mieux que tout
exprimer la vie.

Le sacrifice de l'élan créateur dans l'« œuvre pure »
— on pourrait dire dans l'œuvre distillée à l'abri de tout
microbe — peut prendre une ampleur telle que le
créateur, dans son être même, s'éloigne de son regard
humain et voit se dérober le sol à partir duquel il a pu
s'aventurer si loin. Si j'ai précédemment cité, comme
exemple d'un événement qui n'avait pas encore pris une
forme artistique, un récit de Rilke, j'y recours, à
présent, comme témoin du danger qu'il y a à aller trop

loin. Car, malgré tout ce que son cas a d'extraordinaire, il reste celui d'une transformation de la destinée humaine dans l'art, et c'est là que le tragique humain se fait menaçant. Il lui fut révélé à cette frontière où l'Ange lui dicta ses *Élégies*. Le fondement de l'art paraît alors trop profondément entamé pour que la nostalgie la plus intime puisse aboutir à une ultime rencontre de ces deux réalités. L'existence du royaume de l'Ange, bien plus que la parfaite apparence de l'être, s'incarne dans une propre existentialité ; il devient proche de l'existence divine, sans pour autant garantir le salut de l'homme. Bien qu'accessible par le seul biais de la religion, il est et doit être une divinité qui ne répond pas à l'amour. Car c'est dans la mesure où l'homme, dépouillé de toute possession et de tout droit, se tient devant lui dans une position d'enfant prodigue, que l'Ange affirme sa réalité propre, qui n'est pas une création humaine de pure apparence.

L'Ange dévalorise l'homme à un degré tel qu'il finit par lui enlever toute réalité. Non seulement ce processus de dévalorisation ne laisse plus à l'homme que ses racines les plus primitives, comme un fond de levain au-dessus duquel s'élève l'arôme de la vie, mais la vie elle-même en est aspirée, comme s'il suffisait qu'un ange ait la moindre prétention à la réalité pour anéantir totalement celle de l'homme. Son fonds spirituel naturel est alors vidé de sa substance chaleureuse, réduit à une pure apparence, contraint à imiter un comportement orienté sur l'Ange, à le singer — ce dont le poète se plaint le plus, c'est de ce « singe de l'esprit » qui se tient sur ses épaules et dont il ne pourrait se débarrasser que grâce à la loi physique naturelle qui plaque toute chose sur la terre. Tout son dévouement va à l'Ange, usurpateur de réalité ; accueilli et engendré dans le sein inversé de la mère, il se trouve au centre même de l'amour : l'Ange devient un *partenaire amoureux*.

On ne peut parler qu'à voix basse de choses aussi secrètes que cette irruption douloureuse des *Élégies* qui se prolongea dix ans, comme si l'être humain, forcé de s'offrir en sacrifice, opposait une résistance à cette contrainte qui se pervertit elle-même : « Car tout ange est terrible. » « Ce fut une réussite », la forme proclamait l'Ultime, elle *résista* — mais l'homme fut brisé. Une œuvre d'art se tient silencieusement dans un monde de paix et d'espoir, mais il est bien mince, le voile transparent déployé au-dessus d'elle pour dissimuler les conditions extrêmes qui lui ont permis de naître, et le danger terrifiant de ce que nous appelons avec un intérêt si aimable : l'« esthétique ».

C'est à cette occasion que Rainer Maria Rilke inventa cette définition du Beau où — l'espoir s'étant presque totalement évanoui — il ose tout de même formuler une timide prière en faveur des hommes :

« Car le beau n'est/Que l'amorce du Terrible ; c'est tout juste si nous la supportons/Et, si nous l'admirons tant, c'est qu'il dédaigne froidement/De nous détruire. »

*8*

Tout ce qui est « beau » est pour nous « incomparable », comme si la « toute-puissance de la pensée », avec laquelle nous nous éveillons à la vie, baignant encore dans la confiance inentamée de l'être originel, avait à jamais, dans ce qui est beau, réalisé le tour de force de fixer l'universel sur des formes visibles, alors que celles-ci, du fait qu'elles sont singulières, ne peuvent pas le saisir. De ce point de vue, ce qui est beau reste une apparence au cœur de tout ce qui est, nous ne pouvons que pointer un doigt dans sa direction, sans entrer réellement en sa possession ; restés sur le seuil, nous jetons un regard dans une pièce resplendissante des lumières de Noël sans pouvoir toucher aux cadeaux étalés sous l'arbre illuminé ni les utiliser chacun selon son usage propre ; c'est pourquoi ils restent baignés d'une aura de paix qui, à nos yeux, fait de l'ensemble le reflet éternel d'une réalité insurpassable, parfaite, incomparable.

Si nous considérons la manière dont, par ailleurs, nous nous élevons au-dessus des imperfections et des déceptions que nous rencontrons dans le monde qui nous entoure ou dans notre monde intérieur, nous nous heurtons, par contraste, dans tous les domaines, à la comparaison, à la hiérarchie, à ce qui nous laisse perpétuellement insatisfaits, mais qui, en contrepartie, se

trouve authentifié par la réalité concrète. C'est le
monde des valeurs. Elles aussi sont issues de la situation
originelle : lorsque nous sommes devenus des êtres
conscients, des individus, le cordon ombilical qui nous
reliait à l'omniprésence maternelle s'est trouvé coupé,
et, dans cet état de détresse, nous aspirons à une
réunification. Situation que nous retrouvons depuis
l'histoire du nourrisson, qui nous fournit déjà une bonne
illustration de cet état dans lequel nous sommes toute
notre vie, jusque dans toutes nos formations idéales les
plus tardives — et particulièrement dans l'idée que nous
nous faisons de notre supériorité sans égale, qui, à
l'origine, nous semblait bien garantie par le fait que
nous ne nous distinguions pas du fondement du monde.
Vous disiez déjà, en 1913, dans *Pour introduire le
narcissisme* : « L'homme s'est ici, comme partout dans
le domaine de la libido, révélé incapable de renoncer à
la satisfaction une fois qu'il l'a obtenue — c'est à cette
image idéale que va maintenant l'amour du soi, qui,
dans l'enfance, se portait sur le moi véritable. Le
narcissisme semble s'être déplacé et reporté sur ce
nouvel idéal, qui, comme l'idéal infantile, détient des
perfections de grande valeur. » De l'être au stade du
narcissisme primaire, reposant dans la plénitude originelle, encore porté par elle sans s'en être détaché, on
passe pour ainsi dire à l'être en mouvement, tendu, dans
la volonté d'atteindre un but au lieu de mener une
existence instinctive, qui, incontestablement, contient
tout. J'ai traduit pour moi cette idée dans l'image
suivante : on transforme une ligne horizontale en une
ligne verticale, qui, en hauteur, doit correspondre
exactement à l'ancienne dimension. De la même
manière que la longueur semblait infinie, dorénavant la
droite s'élève à la verticale, sans trêve, tendant à l'infini,
mais, à chaque instant, il ne cesse d'y avoir une

réalisation partielle, réalisation d'une nouvelle étape par rapport à celle qui vient d'être franchie.

J'aimerais ici insister sur un point que l'on a toujours tort, à mon avis, de négliger. En effet, c'est dans l'expérience dont nous venons de parler, me semble-t-il, que réside, pour une part, le fondement d'un bonheur humain premier, et même d'une jubilation, mais les affres que nous procurent nos aspirations supérieures étouffent généralement sa voix. Car ce n'est pas seulement une « obligation », c'est aussi notre « désir » que de laisser jouer ces forces qui oscillent entre le laisser-aller et la contrainte, c'est notre désir que de nous dépasser. La corrélation s'est établie de façon saine, naturelle entre le devoir de s'enrichir et nos fêtes, en dehors de tout labeur éreintant.

Personnellement, je garde depuis mon enfance un souvenir marquant de la manière dont la toute-première exigence que tout soit « parfait » revêt, au niveau des actes, un caractère de solennité ; tout à la fois, on s'attelle à une tâche et on se pare pour une fête, dans une atmosphère de joyeuse expectative qui fait presque disparaître le caractère d'obligation, ou en tout cas ne le fait pas ressortir dans sa froide rigueur. La relation étroite qui existe à l'origine entre la perspective « horizontale » et la « verticale » se maintient certainement de la même manière que notre existence consciente continue à se dérouler sur le fonds originel de l'inconscient, que nous avons abandonné seulement en apparence, et c'est ce fait seul qui donne au vécu humain ses possibilités toujours neuves de bonheur. Avec la détente nous voulons en même temps de l'espace pour que puissent agir de nouveaux stimuli, depuis que, sortis du crépuscule de l'être, nous avons été élevés à la vie dans la direction de la conscience et du devenir ; nous ne voulons pas que la barque de notre existence chavire, ni

qu'on nous retire le vent des voiles. Dès l'origine, un
compromis s'établit entre la volonté de persister dans
son être et celle de se métamorphoser, compromis sain,
naturel, inhérent au double jeu qui commence entre
conscient et inconscient (dans les névroses, il s'est
produit un déplacement si malencontreux que, pour une
belle économie du psychisme, ce jeu n'a plus valeur de
stimulation réciproque : on passe à côté de tout ce qui
fait la réalité de l'expérience vécue et c'est un gaspillage
destructeur).

Ce qui nous pousse à « reproduire le stade précoce »
— je veux dire, ce qui, dans les faits, continue d'être à
l'œuvre dans l'inconscient —, cette expression originelle
de nos énergies pulsionnelles se manifeste aussi dans
l'envie de devenir, dans les formes différentes et chan-
geantes que prend notre acquiescement à l'être.
L'enfant, en proie aux affres de l'angoisse et de la
naissance à l'existence dans ce monde en devenir, passe
immédiatement à l'expérience de l'autre angoisse : celle
d'être anéanti (l'*aphanisis* de Jones) : c'est à partir de
cette double angoisse que naît l'homme sain, qui est *à la
fois* racine et volonté de croître, comme la plante qui, en
s'enracinant dans le sol, devient arbre, se couvre de
feuilles et de fleurs. Si, à fort juste titre, vous refusez
d'admettre l'existence d'une force spécifique qui pousse
l'homme à rechercher la perfection, c'est simplement
que, dans une perspective morale, elle serait mal
interprétée : car, fondamentalement, l'énergie qui la
meut n'est rien d'autre que sa volonté d'étreindre à
nouveau la réalité dans laquelle, depuis toujours, elle a
sa place.

Mais il y a une raison particulière pour expliquer la
facilité avec laquelle « un gauchissement moral »
s'introduit dans ces situations intérieures, c'est que nous
avons tendance à mesurer ce que nous avons atteint au

cours de notre évolution à l'aune des *valeurs établies*. Il
est sûr qu'on ne situera jamais assez tôt l'origine de cette
attitude — elle est, en tout cas, bien antérieure aux
*responsabilités* que nous *imposent* parents et éducateurs.
A mon avis, c'est un point que Jones, dans des ouvrages
récents, a fort bien observé : il dit que la faiblesse du
tout petit enfant et les déceptions inévitables qu'il subit
suffisent déjà à le mettre dans son tort face à sa nouvelle
existence (« La non-satisfaction signifie, à l'origine,
danger, que l'enfant projette dans le monde extérieur
comme il a coutume de faire pour tous les dangers qui
l'habitent, pour utiliser ensuite tout précepte moral qui
va dans le même sens à renforcer son sentiment du
danger et à édifier des remparts qui l'en défendent »,
*Revue internationale de psychanalyse,* XIV, 1928). Par
exemple le monstre que représente le poêle : dans
l'esprit de l'enfant qui, s'étant approché trop près, s'y
brûle, le poêle ne devient pas seulement un agresseur
haïssable, mais aussi une autorité incontestable en face
de laquelle il ressent son infériorité et la nécessité
d'obéir. Le prodige de perfection et de puissance qu'il
est se trouve repoussé. La suite des aventures dans le
monde étranger, telle que nous la rencontrons dans tous
les cas de notre pratique, a toujours confirmé vos
constatations à ce sujet : dans la relation aux parents ou
à ceux qui les représentent, le monstre-poêle s'adoucit
(dans le meilleur des cas) pour devenir un ami, même
s'il reste sévère ; l'expression de son visage se nuance
d'amabilité, ce même visage auquel l'angoisse et
l'impuissance de l'enfant, ainsi que sa haine, conféraient
une expression particulièrement épouvantable et
cruelle ; lui ressembler devient progressivement non
seulement un commandement habilité à infliger le
châtiment, mais aussi un désir qui renferme déjà
l'esquisse du premier pas vers la restauration de l'unité

avec le sein maternel ou de celle du champ ou s'exerce la
puissance paternelle absolue. Tandis que cette identification « secondaire » avec les parents et les éducateurs
se transforme en amour, se fait jour chez l'enfant une
réaction à ses actes, celle de se punir ou de se louer de
façon autonome ; la voix intérieure se fait entendre, la
fameuse conscience morale se consolide.

Depuis toujours, votre conception de ces processus
est restée éloignée d'un utilitarisme, dont on vous fit
pourtant reproche, du positivisme anglais, par exemple,
qui aimait faire dériver la fonction de la conscience
morale de ce qui en avait été le prétexte dans la
pratique, prétexte dont les motifs seraient progressivement « oubliés » et d'autant plus facilement santionnés
par la suite. (Il suffit de penser à ce que le simple fait
d'« oublier » veut dire en psychanalyse ! A quel point
l'oubli échappe au hasard, combien mince est la possibilité de l'expliquer seulement par l'histoire, l'anecdote, la
pratique.) Votre définition des contenus de la conscience morale comme « la retombée de la série d'anté-
cédents » n'aurait jamais dû faire dévier quiconque de
l'idée que leur source coulait dans le domaine de la
libido, dans la poussée et la contrainte que subit
l'homme luttant avec le monde qui lui fait face pour
atteindre son identité, que c'est là que résidait sa
profondeur, son fonds primordial, pas plus superficiel
en somme que la libido. Mais pas seulement cela. Bien
que, jusqu'à il y a une dizaine d'années, l'objet de votre
recherche ait dû s'étendre aux problèmes de la libido et
les privilégier pour un temps, vous sortiez déjà de ce
cadre, à l'époque, pour vous intéresser aux questions
d'« éthique » et d'« idéal » en soi ; je me souviens d'un
de nos entretiens nocturnes de 1912 et 1913, au cours
duquel vous m'avez concédé que, déjà dans l'inconscient (à cette époque c'était encore le terme qui

désignait exclusivement le « réservoir du refoulement »), et même jusque dans les « profondeurs du
somatique », on pourrait déceler l'influence de formations idéales. Ne disiez-vous pas déjà qu'au domaine de
l'« inconscient » peut appartenir aussi « une partie des
émotions qui dominent notre moi, donc ce qui forme le
contraste fonctionnel le plus fort avec le refoulé ».
(Ferenczi aussi a travaillé à repérer l'existence d'évalua-
tions de la conscience déjà dans l'inconscient, et sur ce
point il se sentait en accord avec vous, comme le
souligne une lettre qu'il m'a adressée.) Et les recherches
menées à ce sujet se développèrent et prirent la
dimension d'un problème essentiel, jusqu'à ce que, lors
du Congrès de 1922, vous en fassiez la synthèse et les
présentiez — comme un nouveau programme — en ces
mots : *Nous ne sommes pas seulement plus immoraux,
mais aussi plus moraux que nous ne le pensons.*

Le retentissement qu'eurent ces mots fut à l'origine,
dans les années suivantes, d'un malentendu assurément
divertissant. Vos anciens détracteurs se turent, et l'on
vit se répandre en éloges tous ceux qui, au nom de la
morale et de l'idéal, avaient pris ombrage de votre
indifférence à l'égard de ce qu'il y a de « noble chez
l'homme ». Ce qui passa presque inaperçu, c'est que
vous ne faisiez pas pour autant de la voix de la
conscience le porte-parole de ce qu'il y a en l'homme
d'« élevé et de noble », mais que, au contraire, vous la
situiez plus en profondeur qu'auparavant en lui donnant
pour fonction d'être *l'avocat et le défenseur de nos
pulsions.* Plus on progressait dans l'investigation de
notre vie pulsionnelle, plus on trouvait, déjà enfouies en
elle, des parcelles de la structure de notre moi : efforts
du moi pour rendre le monde qui nous fait face
inoffensif et docile en assumant ses jugements de valeur,
ou bien, lorsque ce monde nous devenait plus familier,

pour l'englober en soi dans un geste d'amour. Pour le moraliste ou le métaphysicien, la voix de la conscience est d'autant plus mystique qu'elle vient de loin, là où elle n'est fondée sur aucune réalité ponctuelle ; son lien avec l'« Ics » lui donne, en fait, sa résonance ; comme si elle était renvoyée de strate en strate et multipliée mille fois par l'écho, elle semble venir tout autant des parois rocheuses menaçantes qui nous enserrent que de l'infini, et elle nous renvoie au néant de notre origine première, à notre détresse. (C'est avec une grande pertinence que A. Stärcke note ce qu'il en est réellement : « L'idéal auquel semblent se porter nos aspirations est l'image d'un passé sensitif introjeté : elle se trouve *derrière* nous, il n'y a pas attirance mais au contraire pulsion. » C'est ainsi que « l'impératif catégorique de la conscience morale est l'impératif inchangé des pulsions ».)

C'est Alexander notamment qui, à plusieurs reprises, a mis plus précisément en lumière la tâche du mentor de la vertu en nous : celle-ci consiste à tendre la perche à la vertu, de façon que, sous la poussée des pulsions, nous ne nous égarions pas à notre désavantage. Tout comme, dans l'état originel d'angoisse et de détresse, elle nous suggère l'obéissance. Mais quand bien même celle-ci s'intériorise et semble avoir la valeur d'une instance intérieure qui nous commande, elle ne fait que représenter le détour raisonnable par lequel nous pouvons atteindre le plus tôt l'accomplissement médiocre de nos désirs. Il en résulte une telle équivoque qu'Alexander, à fort juste titre, peut parler de mouchardise, d'un vieux « code introjeté », apparemment au service de mécanismes de défense, mais qui, en réalité, prête main-forte aux désirs pulsionnels. Il souligne ainsi la parenté étroite avec le mécanisme de la névrose : là, il nous semble qu'une souffrance nous est imposée comme une rançon, que nous payons à l'avance pour avoir la *possibilité* de recommencer à accumuler les dettes. Le facteur qui cause le sentiment de culpabilité comme le besoin de châtiment en nous est ainsi, à la fois, receleur et policier, parce que nos idéaux éthiques résultent du combat entre notre moi intérieur qui s'affirme et la vie qui pose des obstacles. (Cf. Schilder, qui est d'accord sur ce point lorsqu'il écrit dans sa *Psychiatrie :* « La voix de la conscience indique simultanément nos propres préférences et nos penchants : le moi idéal est donc construit de manière semblable au symptôme névroti- que — le moi idéal est donc construit d'après une formule de compromis. »)

C'est en montrant que nos jugements de valeur poussés jusqu'à l'extrême sont proches du pathologique que l'on extirpe le plus rapidement le malentendu qui porterait à croire que ces jugements de valeur représen- tent des impératifs sacrés. Sinon, il faudrait voir, par exemple, dans le sujet atteint de névrose obsessionnelle qui pousse l'obsession de se laver jusqu'à l'absurde en dénonçant nos habitudes pitoyablement laxistes de propreté la seule personne habilitée à nous enseigner à prendre au sérieux un commandement ; et il en va de même lorsque nous exécutons toutes les « obliga- tions » : nous aboutirions au désespoir et à l'incapacité de vivre si nous ne préservions pas notre équilibre intérieur en payant des traits modestes au lieu du montant intégral.

A ce propos, un fait s'est gravé inoubliablement dans ma mémoire, et l'exemple de plusieurs autres enfants est venu étayer ce souvenir : quelle source de vexation et de désarroi profond lorsque, enfant, on se rend compte que les parents pensent de manière beaucoup moins rigoureuse qu'ils ne le font croire à leurs enfants, et qu'ils ont même un sourire attendri en voyant que l'on a suivi trop scrupuleusement une injonction — alors

qu'on s'était donné tant de mal et de peine pour obéir.
Ce ne sont pas des « enfants modèles » qu'ils veulent
élever, le mot seul prête déjà à sourire. En se montrant
sous un jour trop sévère, ils ne veulent que garantir, du
moins dans une certaine mesure, ce qui est absolument
indispensable. Les lignes bleues tracées dans le cahier
de l'écolier sont destinées à disparaître ultérieurement,
à être rejetées toutes les dépendances lorsque l'être
autonome choisira son itinéraire. Si l'autorité, qui, dans
un premier temps, a sa raison d'être, n'est pas détruite à
temps, non seulement elle manque sa cible, mais
encore, passant à côté de tout ce qui est déjà réussi dans
la construction de notre être, elle conduit aux infirmités
les plus bizarres : ce qui, au départ, était influence
s'exerçant naturellement de l'extérieur, charpente de
l'édifice encore inachevé, s'incruste dans le bâtiment
terminé comme un champignon de moisissures dont on
ne sait pas où il se cache ; aux instances à l'œuvre dans le
processus de la conscience morale — le « surmoi » que
nous avons repris et le « moi idéal » — s'accrochent un
« sentiment de culpabilité » et un « besoin de châtiment », qui, venus des origines du stade infantile,
réussissent à avoir un effet plus mystique justement du
fait de leur distance par rapport à la clarté rationnelle du
jugement personnel.

S'y ajoute encore le fait qu'ils empêchent même que
l'on suive docilement leurs commandements — pour
autant qu'ils pourraient servir, ici et là : car aucune de
nos pulsions, prises en tant que telles, ne s'efface devant
une obligation ; nous avons beau, en la reconnaissant et
en la condamnant, éviter de faire intervenir la pulsion
au niveau de nos actes, elle n'en reste pas moins en nous
avec plus de force que lorsque, davantage portés à
l'indulgence, nous lui accordons, d'une certaine
manière, droit de cité — point sur lequel vous aussi

mettez l'accent. Ce « repaire de brigands » dans nos cœurs ne se nettoie, ne s'aménage en un paisible séjour que si l'orientation de la pulsion, s'alimentant de façon autonome à son *désir propre,* s'est transformée, s'est modifiée sous l'influence des virtualités qui lui sont inhérentes ; c'est ainsi seulement que l'analyse produit une « sublimation », c'est ce retournement positif qui seul aurait droit à cette appellation — cette remise à jour (pour reprendre le terme de Tausk[1] : le danger se trouve ainsi écarté d'introduire, ne serait-ce qu'au niveau du langage, un concept de valeur dans le terme « sublimer ») à partir de notre propre essence, ou, selon un mot de Spinoza tiré de son *Éthique,* lorsqu'il dit que nous sommes heureux non parce que nous réfrénons nos passions, mais parce que celles-ci deviennent caduques en regard de notre bonheur ; et selon le mot de Spinoza, plus beau encore : la seule perfection, c'est la joie.

Je ne sais si je me trompe, mais j'ai l'impression que notre psychanalyse ne tire pas toutes les conséquences qui résultent de cet état de choses. C'est surtout Alexander qui a attiré l'attention sur le *problème de la santé.* Il sentait, avec justesse, que, dans l'examen pratiqué sur le patient, c'est seulement parce que le caractère pathologique des états intérieurs se détache et ressort plus nettement que ceux-ci doivent être fixés et analysés avec une si grande précision au niveau des concepts. Mais pour lui aussi, ils gardent encore trop de consistance en tant que données inébranlables. Certes, là aussi, la frontière entre la santé et la maladie est fluctuante ; mais il reste d'une importance capitale de savoir si nous considérons, par exemple, notre besoin de

1. Psychanalyste d'origine croate (1877-1919). D'abord juriste, puis journaliste, il devint membre de l'Association viennoise de psychanalyse en 1909. Lou Andreas-Salomé eut une brève relation avec lui.

châtiment, lorsqu'il se fait jour, comme un appendice mort — une écorce de bourgeon restée suspendue à la plante qui est en train de croître — ou comme une menace de dépérissement. Chez l'homme dont l'évolution jusqu'au stade de la maturité est normale, les infantilismes doivent naturellement perdre leur logique, leur empreinte ; ils sont comme les traînées de brume qui flottent le matin et finissent nécessairement par se dissiper dans la lumière de midi. Les possibles résidus ne doivent pas s'imposer comme un panneau recouvert d'inscriptions figées, définitives. Le « surmoi » que les exigences de l'extérieur implantent en nous doit nécessairement se faner, dans la mesure où la part de lui à laquelle notre moi a acquiescé, en intégrant la dimension de la libido et celle de notre jugement qui mûrit, connaît en nous une floraison autonome ; mais c'est une part qui a été trop assimilée par la sève qui nous fait croître et fructifier, pour ne pas se détacher de nous comme un « idéal du moi », et pour soit nous enfoncer dans le sentiment de notre infériorité, soit galvaniser nos forces.

Certes, nous sommes inéluctablement empêtrés dans des « sentiments de culpabilité » de mille sortes qui s'accumulent nécessairement à partir de notre réservoir de défauts et de faiblesses, mais, au fond, ce remords sincère ne se distingue pas dans son principe du regret de ne pas avoir le profil assez grec ou les biceps de Schmeling[2] ; pour s'en convaincre, il n'est que de remarquer que le remords n'est reconnu comme tel que lorsqu'il succède à des actes ou à des considérations « égoïstes », tandis qu'un regret aussi fort peut se présenter après une action prétendument « désintéres-

2. Max Schmeling, boxeur professionnel, a été champion du monde des poids lourds entre 1930 et 1932.

sée » quand celle-ci a voulu se réaliser dans *son* égoïsme
pulsionnel, de façon intempestive, débridée, au détriment d'autres exigences pulsionnelles. Bien entendu, un
combat incessant se livre entre les exigences des diverses
pulsions en nous, et plus un homme en est doté, plus la
situation est critique pour lui ; et, bien entendu, la Bible
parle déjà, fort justement, de nos pensées qui « se
dénoncent et s'accusent réciproquement » — c'est tout
simplement leur travail normal que de s'éduquer
mutuellement, comme, lorsqu'il y a pléthore d'enfants,
ceux-ci s'éduquent mutuellement, s'attribuent mutuellement leurs places. Leur adaptation les unes aux autres
— comme dans l'organisme le poumon, la rate ou le
foie, s'ils empiétaient les uns sur les autres, devraient le
payer du prix de la souffrance et de la maladie —
dégénère toujours en tumulte, les pulsions cherchant à
avoir raison les unes contre les autres ; une pulsion lésée
se précipite sur celle qui l'a emportée, jusqu'à ce que
celle-ci, gravement blessée, soit toute « repentante » ;
mais tout cela résulte de la vie et de la santé, non des
dettes et des dommages ; au-dessus de tout cela plane la
grande innocence de la vie. Le contraste n'en est que
plus brutal avec la pusillanimité et l'arrogance du sujet
dans la névrose obsessionnelle : sa présomption est
telle, lorsqu'il pose son châtiment comme une donnée,
qu'il pense qu'un train doit nécessairement dérailler et
que meurent tous les passagers, s'il est assis parmi eux.

Lorsque des impératifs moraux par trop rigoureux et
inapplicables dépassent notre nature pulsionnelle, celle-
ci, si elle jouit d'une santé intacte, peut, même au défi
de sa foi totale en l'autorité, engager victorieusement le
combat contre eux, comme elle combattrait des calom-
nies (que l'on se reporte sur ce point par exemple aux
vieux chants serbes où est fait l'éloge du héros : bien
qu'assuré, après qu'il est devenu chrétien, du châtiment

céleste comme d'une conséquence naturelle inéluctable,
il aime tant ses péchés qu'il brave le risque de continuer
à les commettre et « endosse » le châtiment). Il ne faut
pas oublier que les discours du « surmoi » et de l' « idéal
du moi », pour nous insulter ou pour nous convaincre,
sont à assimiler à des vestiges d'impressions et
d'angoisses infantiles qui n'ont pas encore été liquidés,
et que, de ce fait, lorsqu'on s'achemine vers le sentiment
de culpabilité et de remords, il ne se produit que trop
aisément un changement de direction qui propulse dans
la névrose. Si l'obéissance à l'autorité reconnue est trop
parfaite, c'est que la frontière du pathologique n'est plus
très éloignée — ce qui veut dire : la répression des
pulsions, c'est déjà en soi la manifestation, même
déguisée, du retour de la dimension pulsionnelle refou-
lée, puisque même l'obéissance ne peut tirer son énergie
de nulle part ailleurs que de la force pulsionnelle qu'elle
a contaminée de sa maladie. Tout à fait en accord avec
votre « principe de réalité », simple détour que prend le
« principe de plaisir » pour normalement ne rattraper
que lui-même, nous restons avec les exigences que nous
avions au départ : nous ne quittons nullement notre
fonds, notre sol, nous ne pouvons que nous le figurer
lorsque nous nous fuyons nous-mêmes de façon pathologique.

C'est pourquoi d'ultimes jugements de valeurs, élevés
au rang d'absolu, comme les jugements éthiques, ne
peuvent se dispenser de conclure une alliance avec la
valeur suprême, la valeur de la religion (Eckhart : « Il
n'y a qu'une seule valeur, Dieu »). Car il faut qu'à un
endroit quelconque leur autorité soit pour ainsi dire
crédible indépendamment de leurs contenus respectifs.
De la même manière que chez les parents la sévérité se
mêle à la tendresse pour préserver son efficacité, ce fut,
dans l'histoire de l'humanité, la tâche de toute religion

que de substituer à l'inquiétude éveillée par les exigences morales un royaume de Dieu stable. Cela est valable depuis la morale scolaire diffusée à des douzaines d'exemplaires jusqu'aux abstractions les plus philosophiques, depuis les expédients grossiers que constituent récompense et châtiment jusqu'au don ascétique de soi aux impératifs vénérés.

On a peine à comprendre que les promoteurs de l'éthique aient cru pouvoir réaliser leur conception absolue du devoir sans ancrer l'avoir et la possession dans la religion, qu'ils aient pu exiger sans trêve sans être comblés par la grâce. D'autant plus que, dans le domaine de l'éthique, il ne peut s'agir uniquement de commandement ou d'interdit spéciaux pour lesquels on va chercher, dans la métaphysique de la conscience morale, tout facteur d'autorité poussé à l'extrême ; il s'agit, au contraire, de la responsabilité de l'homme face à sa vie — face à l'existence dans sa totalité, comprenant dans son étendue toutes les diversités, tous les détails insignifiants ; car c'est un point du moins sur lequel nous devrions approuver le tenant de l'éthique, un point sur lequel il aurait raison : rien ne reste cantonné au domaine pratique ou n'a d'importance que dans l'instant ; ce sont toutes ces composantes, reliées les unes aux autres, dans un tout que l'on ne peut embrasser du regard, qui déterminent notre attitude face à la vie — c'est tout cela qui nous *contient* et nous tient. Tout croyant dont l'évolution a été harmonieuse — ce qui veut dire : qui est resté en bonne santé — a toujours été intimement pénétré de cette vérité que l'exigence éthique le place devant une tâche qui n'a ni fin ni cesse, dont il ne pourra, pour cette raison, jamais s'acquitter entièrement dans les limites de sa condition d'homme, mais seulement par l'intermédiaire du « don de la grâce divine ».

Si l'on retire à ces mots la rigueur de la langue religieuse — elle qui projette Dieu hors d'une réalité qui nous est inconsciente —, il reste que nous sommes lancés, inéluctablement, dans le tourbillon de toute réalité, avec pour seul choix d'y consentir. Si sans aucun doute cela veut dire : traverser un océan sur un frêle esquif, telle est bien notre condition humaine — et il ne serait d'aucun secours de s'imaginer qu'on navigue à la remorque du plus puissant des bateaux à vapeur, vers des destinations inexistantes : notre attention au vent et au temps ne pourrait que s'en trouver diminuée. Plus nous nous plongeons, sans en rien retrancher, dans l'« exigence du moment », dans l'instant tel qu'il se présente, dans des conditions variables d'un cas à l'autre, au lieu de suivre le fil conducteur de prescriptions, de directives (écrites par l'homme !), plus nous sommes, dans nos actes, justement en relation avec le tout, poussés par la force vivante qui relie tout avec tout, et nous aussi. Qu'importe alors si les tâtonnements de notre conscience pour émerger sont entachés de toutes les erreurs possibles. Si quelqu'un taxe ce comportement d'immoralité, d'arbitraire et de présomption, nous serions à plus forte raison autorisés à taxer de confortable incurie morale l'esclavage infantile de celui qui s'en tient au respect des prescriptions !

En effet, que fit donc l'homme en osant décider, choisir, poser ses valeurs ? Il accomplit l'acte le plus rigoureux, le plus engagé, *parce que* c'était un acte autonome, qui ne procédait pas d'un calcul, malgré la façon dont il était advenu, mais, au contraire, c'était un acte monté en lui avec le flot de l'élan créateur, un acte accompli *quand même* \*, en acceptant tous les risques. Un acte légitimé par son caractère universel, un acte qui

\* En français dans le texte.

renvoie à une transcendance et qui veut dire : j'appar-
tiens à cette réalité, je fais corps avec elle, je ne suis pas
seulement *confronté* à elle dans un combat hostile. Est-
ce trop d'insolence ? Oui, car le comble de l'insolence,
que nous avons inventé pour nous, c'est notre accession
à l'humanité : nous avons posé l'homme créant ses
valeurs comme l'aventure la plus sublime de la vie.

## 9

Si l'on considère dans sa particularité même le processus d'évaluation, inhérent à tous les autres processus de la conscience, on se rend compte qu'il reflète bien le caractère spécifique de la prise de conscience, phénomène que nous ne pouvons appréhender que sous une double forme, comme un événement qui se produit aussi bien de l'extérieur que de l'intérieur. Aussi la façon dont nous le représentons — en l'abordant forcément par un seul côté — importe-t-elle peu : on peut discuter du problème de la prise de conscience comme d'un phénomène qui s'est *heurté à une résistance extérieure,* ou inversement : comme d'un acte originel commis par ce qui sera plus tard « nous », et qui a consisté à *rejeter* loin de soi le reste du monde, *vécu comme quelque chose de trop,* et à se placer en face comme une chose pour soi. Notre façon de nous exprimer, élaborée au contact de la conscience qui s'accomplit, ne peut concevoir ce phénomène que sous deux formes différentes. Mais dès que nous parlons de processus qui participent moins de la conscience, celles-ci se confondent à leur insu (par exemple, notre distinction entre l'inorganique et l'organique concerne aussi bien le manque d'excitabilité [*irritability*] que le manque de réaction aux impressions, et nous entendons là tout à fait la même chose). C'est seulement à un stade

plus complexe (présentant déjà des airs de ressemblance
avec notre propre conscience) qu'il y a à nouveau
séparation des deux ; dans les couches médianes du vécu
psychique, ce phénomène est pris dans sa contradiction
logique insurmontable, et c'est tout au plus dans les
états d'exaltation liés à la pathologie ou à un mouvement créateur dominant le sentiment du moi qu'il n'y a
plus de distinction entre l'une et l'autre forme confondues dans l'inconscience.

Une fois de plus, on ne peut pas s'empêcher de penser
là au problème érotique, à la question de savoir
pourquoi nous ne restons pas « narcissiquement » en
nous au lieu de nous précipiter dans une relation d'objet
avec épanchements amoureux et effusions sentimen-
tales : là aussi l'individu se débarrasse d'un trop — qui
l'isolerait — mais il l'exprime, dans le même temps et le
même sens, dans la contrainte où il se trouve d'absorber
par l'étreinte ce qui lui fait face. Par la pensée comme
par l'amour, ce n'est qu'à l'aide de notre être que nous
pouvons observer ce processus, de ce que vous appelez :
cette « relation d'opposition située dans l'inconscient,
phénomène extrêmement remarquable dont on ne
reconnaît toujours pas assez l'importance ». A cause
d'elle, il est en fin de compte impossible d'explorer à
fond aussi bien ce qui est saisi par la conscience que ce
qui demeure inconsciemment en deçà, en quelque sorte
impénétrable... (« L'inconscient nous est livré aussi
incomplètement par les données du conscient que le
monde extérieur par les données des organes des sens »,
et « Tout comme le domaine physique, le domaine
psychique n'a pas besoin d'être en réalité tel qu'il nous
apparaît » [Freud].) La conscience, fuyant cet état où
l'inconscient l'écrase, voulant échapper au danger de
rester dissoute dans l'universel, fonce vers l'avant sans
renier, pour autant, ce dont elle est issue : il s'agit là

seulement de maintenir bien distincts un monde antérieur et un monde futur.

La ligne de partage passe entre les deux ; tel le gué
entre deux eaux qui fait oublier qu'il s'agit des mêmes
eaux, qui, néanmoins, sans lui seraient à nouveau
confondues ; tel un sentier qui traverse la forêt vierge : il
n'a apparemment plus rien de commun avec elle puisqu'il a fallu la déboiser pour pratiquer cette voie étroite.
Ainsi, notre monde surgit devant nous, sur ce sentier,
au fur et à mesure que les travaux de déboisement
avancent, et rend irréel ce qui, de chaque côté, empiète
sur le sentier. L'acte de penser consiste en soi à mettre à
l'écart, à créer une distance ; sans lui nous ne pourrions
pas concentrer notre attention ; c'est un acte de froideur
et de négation de tout le reste au profit d'un détail
préservé qui paraît donc surinvesti, mis en relief par la
libido, *surestimé*. Sur ce point, nous sommes en accord
avec tous les êtres capables de conscience à un degré ou
à un autre, et sans l'existence desquels il n'y aurait pas
une réalité extérieure telle que nous, êtres humains,
nous l'imaginons, mais seulement cette unité rétablie de
l'intérieur et de l'extérieur, de soi et du monde environ-
nant ; unité que nous croyons remarquer chez les êtres
vivants « les moins complexes » — pour nous — et que
nous considérons si volontiers comme une étape sur
l'échelle qui va « du niveau le plus bas jusqu'à nous ».
Pour nous affirmer dans cette dignité, nous cherchons
par la pensée à éviter le plus possible les sources
d'erreur, qui, issues de la même souche que notre être,
pourraient interférer et provoquer une perturbation ;
nous échappons à cette réalité originelle en érigeant une
image intellectuelle du monde, image qui maintient la
fiction d'une opposition entre elle et nous, mais qui
représente seulement la marge réservée à la conscience
à l'intérieur du champ global de l'inconscient.

Dès nos premières lettres, je me souviens de la joie avec laquelle je croyais pouvoir comprendre votre conception dans le sens où l'*Ics* (bien qu'à l'époque vous le considériez uniquement comme le réservoir du refoulement, et non comme une partie du « ça » élargi, terme bien plus noble) devait non seulement passer pour une instance rudimentaire, pour le résidu d'une évolution, mais aussi pour la « réalité psychique » qui englobe tout et qui reste dans le *das* du conscient. Car le processus de prise de conscience ne signifie pas seulement échapper à l'inconscient ; c'est également retourner à sa rencontre dans des images dont l'abstraction ne cesse de s'atténuer et qui ne sont pourtant valables qu'à l'intérieur de ce qu'elles ont fui, laissé apparemment en arrière, et qui se retrouve en quelque sorte transformé en une « vue de face » à l'aspect étranger. Je vous écrivais à l'époque (avril 1916) : « Il y a là pour moi des points où je ressens une communauté de vues que je n'aurais pas osé supposer il y a encore un ou deux ans ; je vais continuer de vous suivre très très prudemment, pas à pas, pour ne rien " mésinterpréter " et ne pas me priver de la joie d'une véritable rencontre. »

Quand on essaie de déchiffrer le processus de la pensée au plan psychologique, c'est, comme pour tous les autres processus, les *élucidations pathologiques* qui le font le mieux, car elles lui confèrent une forme écrite sans équivoque. « Quand nous ne cherchons pas en nous-mêmes, comme d'autres le font, les causes de certaines perceptions sensorielles, mais que nous les déplaçons vers l'extérieur, ce processus mérite lui aussi le nom de projection », dites-vous lors d'une description du paranoïaque, qui, prenant la fuite devant ses impulsions inavouées, les projette dans le monde extérieur sous la forme d'ennemis qui le persécutent. En parfait accord avec votre conception, l'un de vos élèves —

Wälder — note (« Mécanismes des psychoses et possibilités d'action », *Revue internationale de psychanalyse,*
X, 1924) que tout notre « conscient n'est que rationalisation. Aussi bien notre jugement erroné, par suite de
complexes, que notre vrai et juste jugement doivent-ils
être compris comme une rationalisation et une projection ». Cette proximité du pathologique nous rappelle
sans cesse que, si nous pouvons nous ancrer par la
pensée dans la « normalité », c'est seulement grâce à
une extrême prudence — comme si nous étions menacés
de tomber à droite et à gauche.

Quand nous entendons parler des « dérapages » de
malades mentaux, de leurs néologismes, négativismes,
stéréotypes, obstinations, etc., ce n'est pas à tort que
nous sommes parcourus d'un frisson, car ces termes ne
font que circonscrire une utilisation de l'activité de la
pensée *qui va à une nuance près trop loin* — soit dans le
tarissement, soit dans le débridement —, un maniement
quelque peu inconsidéré de *notre* balancier. De même
que, sur le plan de la morale, le sujet atteint de névrose
obsessionnelle nous enseigne à quel point nos efforts
pour respecter les interdits et les lois manquent de
sérieux tant ils sont lâches et empreints d'esprit de
compromis, nous ne sommes protégés ici que par le
*compromis,* la solution moyenne ; c'est ce qui conduit à
un système de pensée, à des fins de communication et
d'entente avec nos semblables, à la « vérité » conçue
comme similarité des investissements de valeur de ce
que nous projetons à partir de l'inconscient — c'est-à-
dire (Freud) à partir des représentations de choses qui
s'y constituent et auxquelles nous donnons la forme de
représentations de mots, de concepts affaiblis, d'images
allant dans le sens de l'abstraction.

C'est la raison pour laquelle vous soulignez aussi que
ce que nous appelons la mémoire doit être également

« très nettement démarqué des traces du souvenir »,
c'est-à-dire ce qui n'a pas encore été totalement élaboré
par le système de pensée conventionnel ; vous dites que
la conscience prend naissance « en lieu et place de la
trace du souvenir » — caractérisée par cette particularité que le processus d'excitation en elle ne provoque
pas une modification durable de ses éléments, mais qu'il
« part en fumée » dans le phénomène de la prise de
conscience. Ainsi aboutissons-nous, grâce à nos conven-
tions, au fait que non seulement nous pouvons ignorer à
loisir la réalité plus profonde, mais encore que toutes les
lacunes, faussetés, adjonctions et éliminations inhérentes à notre image du monde nous apparaissent
comme quelque chose de positif, *qui fait partie* de la
« vérité ». C'est seulement quand notre pensée est par
trop « abstraite » que nous commençons à nous rendre
compte qu'il est dangereux de négliger les relations
entre les mots et les représentations de choses incons-
cientes, et il est indéniable que notre façon de philoso-
pher prend alors, dans l'expression et le contenu, un air
de ressemblance avec la façon de procéder du schizo-
phrène.

Bien entendu, il ne faut pas effleurer, ne serait-ce que
de loin, la question concernant la projection psychologique du problème de la réalité dans une théorie de la
connaissance ; on peut cependant se demander, sur le
plan psychologique, s'il n'y a pas en chacun de nous une
intuition de la fuite de la pensée face à une réalité qui
œuvre plus en profondeur et si la raison pour laquelle
nous, en tant qu'individus conscients confrontés à un
monde « réel », nous en échappons avec une assurance
si arrogante, ça n'est pas que, là aussi, nous avons
commis un « refoulement originaire » — ou bien, si on
voit les choses de l'extérieur, qu'il s'est emparé de nous.
Considérons à quel point le concept « réel » est connoté

pour nous, dans les faits et dans la pratique, par une suraccentuation et une surestimation incroyables : « réel » étant entendu dans un sens opposé à ce qui est purement « subjectif » et qui doit s'effacer comme étant moins « réel » ; j'ai toujours eu l'impression que s'exprimait là quelque chose qui ressemble à une mauvaise conscience — c'est-à-dire un « savoir tenu secret » concernant le fait que, unis et confondus avec cet extérieur, nous nous en sommes séparés et l'avons posé en face de nous ; notre suraccentuation restitue, à ce que nous avons placé en vis-à-vis, en lui conférant le sens du « réel », un peu de *la réalité qui lui a été enlevée ;* nous avons là, en quelque sorte, quelque chose à réparer. Même chez celui que l'on qualifie de « réaliste naïf », il reste un peu de cette attitude, ce qui explique que la dissolution de la réalité en une apparence — que ce soit dans l'esprit de la philosophie de Berkeley, dans la représentation que se font les hindous du « voile de Maya », ou sous toute autre forme — ne veuille pas lui entrer dans la tête tant c'est une « absurdité manifeste » ; peut-être est-ce le fait d'un sentiment qui reste inconscient, mal rationalisé au niveau conceptuel, mais toujours secrètement actif, sentiment de dépit d'être frustré de la *totalité* que nous représentons avec le réel, et qui échoue de toute façon, comme si nous faisions du réel ou de nous-mêmes la seule chose positive.

Il y a dans notre façon d'appréhender le réel une forme inavouée de respect, même pour les moindres détails de la réalité, un respect comme nous en aurions pour un prince seulement victime d'un mauvais sort, parce que, s'il ne l'était pas, son appartenance royale révélerait qu'il est du même rang que nous — absolument notre égal. Et notre secrète confiance — en cette identité du subjectif et du réel, identité qui n'est pas accessible au conscient et qui lui paraît même, puisqu'il

est la ligne de partage entre l'intérieur et l'extérieur,
complètement absurde —, cette confiance n'est-elle pas
compréhensible chez des êtres dont l'existence
« réelle » prend forcément la forme d'un corps ? Chez
des êtres qui reçoivent d'abord dans le conscient, par la
voie de leurs états physiques, toutes ces motivations
pulsionnelles, tous ces courants subjectifs ? Chez des
êtres qui savent que leur pensée même n'est capable de
faire des distinctions et d'opérer des projections que
grâce à l'énergie pulsionnelle sous-jacente que leur
conscience ne peut suivre au-delà du réceptacle corporel ? Comment pourrions-nous ne pas porter au crédit
d'une réalité supra-subjective d'une part, d'une réalité
surréelle contenue dans la première d'autre part, ce que
nous apporte la perception de nos organes sensoriels —
en ce qui concerne la totalité extérieure comme en ce
qui concerne notre propre petite personne ? Tandis que
nous regardons la demi-Lune, comment pourrions-nous
ne pas sentir qu'elle est intégrée dans la rotondité de la
Lune tout entière ? Des deux côtés, la réalité nous est
donnée en double, et en même temps elle nous échappe
totalement. (Voilà comment Goethe exprime cette
idée : « Il y a dans le sujet ce qu'il y a dans l'objet, avec
quelque chose en plus ; il y a dans l'objet ce qu'il y a
dans le sujet, avec quelque chose en plus », *Écrits
scientifiques*.)

Vous écrivez (dans *Au-delà...*), à propos du conscient, qu'il est une « protection contre les excitations »,
qu'il doit nous préserver de l'irruption des impressions
extérieures en désamorçant et en rejetant celles qui sont
par trop violentes ; vous nous aviez déjà montré cela
pour la protection contre les excitations venant de
l'intérieur, protection qui retient l'élément pulsionnel
perceptible pour nous par-delà notre propre corps, et
qui le conserve à des profondeurs auxquelles nous

n'avons pas accès. Là, il se soucie aussi peu que nous restions intacts au niveau subjectif, personnel, que des impressions extérieures « parties en fumée » dans le processus conscient : il n'est *ni* conscience *ni* « notre » pulsion. Ce que nous désignons par « pulsion » souffre certes d'une difficulté particulière qui n'est pas inhérente au caractère purement formaliste du *concept* conscient : la pulsion est le contenu qui, face à la ligne de partage formelle que constitue la conscience, reste en suspens — position fort désagréable —, fixé ni d'un côté ni de l'autre. C'est la raison pour laquelle vous le qualifiez de « concept limite entre le physique et le psychique », et, effectivement, les biologistes et les psychologues n'ont rien eu de mieux à faire, jusqu'à aujourd'hui tout au moins, que de se renvoyer mutuellement la « pulsion », si bien que, dès qu'on dirige le regard vers elle pour la fixer, elle reste en l'air, hors d'état d'atteindre tout à fait le sol.

Je me souviens qu'un jour, fascinée par ce phénomène, je vous ai écrit que « ce serait vraiment un sujet pour un conte de fées ». Car le bond que doit faire la « pulsion » entre le réel et le subjectif — qui ressortit au corps pour notre pensée, et, en même temps, est le point de départ de tout ce qui est psychique — est un tour d'adresse de notre méthode consciente qui laisse rêveur. Là, l'intérieur et l'extérieur pivotent de manière incontrôlée autour de leur axe, comme une porte tournante, et, si nous continuons de l'observer, elle se renverse dans un pur acte démoniaque qui libère le moi, alors qu'il ignore au niveau le plus archaïque, le plus éloigné de la pensée, toute distinction entre l'Être universel et l'Être du moi. Et nous nous retrouvons, sur le plan humain, à proximité du psychotique qui « dérape » hors du conscient et qui, de manière si caractéristique, apprend, dans les phases où il va mieux,

à communiquer avec le « moi » des autres par le biais
d'une « langue d'organe » — c'est-à-dire des mots
empruntés à ses organes corporels.

Dans le domaine de la plus parfaite normalité, il en va
également de telle sorte que le pulsionnel s'installe dans
notre monde conscient de façon forcément un peu
déplacée. Nous ne parvenons pas à penser à un niveau
« purement pulsionnel », à l'écart des sources d'erreur
que notre caractère pulsionnel fait tomber goutte à
goutte, libérés de tout affect face à l'intelligence et à la
perception : car cette opposition à l'affectif, paradoxe
incroyable, a justement besoin de l'affectif pour pouvoir
fonctionner ; et, inversement, nous ne pouvons par
ailleurs nous empêcher de nous représenter par la
pensée nos activités et nos tendances pulsionnelles. Ce
lien réciproque entre des contraires qui s'ignorent trahit
si clairement leur parenté que l'« ambivalence » affé-
rente au fondement primitif des choses ne peut avoir un
effet si profond qu'à la surface du conscient. Assurément, nos activités pulsionnelles — si elles ne veulent
pas être détruites — doivent accepter l' « épreuve de la
réalité » à travers la rigueur des règles du conscient ;
cependant, nos catégories de la pensée ont alors un
comportement qui ressemble beaucoup à cette forme de
mouchardise que pratiquent nos prémisses morales :
elles ne mettent finalement leur plus gros canon en
batterie que pour fraterniser sur le terrain décisif. Car
l'épreuve de la réalité se révèle, ici aussi, être un détour
nécessaire pour pouvoir atteindre, d'une façon ou d'une
autre, le but de plaisir recherché.

On peut aller jusqu'à dire que notre mode de pensée
— comparé à nos modes de vie plus conditionnés par les
pulsions, qui abordent les choses de but en blanc, de
façon inconsidérée, et qui en souffrent davantage —
correspond même à une méthodologie encore plus

naïve : elle fait comme si des règles strictes correspondaient à un plus dans l'appréhension, alors que, dès le
début, elle laisse derrière elle la moitié de ce qu'il y a à
appréhender pour faire de l'autre moitié une totalité
artificielle. En maintenant le réel à l'extérieur, puisque
extérieur à nous-mêmes, on ne fait que dissimuler les
efforts déployés pour s'en rendre maître à nouveau,
intellectuellement, pour le faire échapper au morcelle-
ment, un peu comme un enfant qui fait une mosaïque et
« pose » devant lui, sans faire d'erreur, un paysage. Le
démembrement en faits isolés, provoqué par l'acte de
penser, se trouve déjà dans sa propre méthode de
recolmatage des fissures ; nous faisons du processus de
la pensée un processus semblable à l'*accomplissement de
l'amour* : en incorporant par l'intellect les connexions
perdues — de même parle-t-on du cerveau du penseur
comme d'un « organe érotisé », et cela n'est pas seulement une image.

L'examen logico-critique, lui aussi, bien que constituant le pôle opposé à *l'imagination artistique,* contient
quelque chose d'analogue à ces tendances à créer des
formes grâce auxquelles l'élément le plus minuscule,
comme l'eau dans la goutte, prend la forme d'un tableau
complet ; notre langue conceptuelle n'est-elle pas elle-
même, en effet, une façon de tenir encore plus écartés
les uns des autres les éléments qui ont été séparés,
jusqu'à ce qu'elle puisse les « emprisonner » dans une
image et les faire entrer dans un schéma logique ? Mais
ce qui est encore plus frappant, c'est que nos méthodes
cognitives se conforment, sur un troisième point, aux
orientations des pulsions — bien que là justement elles
doivent rester par principe des éléments séparés : il
s'agit de la façon dont, à notre insu, nous évaluons les
choses. Il n'y a rien qui puisse être plus sûrement à l'abri
de notre évaluation que ce qui s'appelle la « vérité » et

la recherche de cette même vérité. Cela ne tient ni au seul caractère de nécessité et d'importance pratique qui y est attaché ni à une surestimation d'ordre métaphysique, mais au sentiment que notre dignité d'homme en découle directement ; n'en avez-vous pas vous-même fourni la preuve en laissant échapper le terme « humiliant » quand vous expliquiez que les illusions étaient pour nous un moyen d'aller ouvertement contre le bon sens et la raison — bien qu'il n'y ait sans doute jamais eu quelqu'un plus loin de penser qu'il faille déterminer la valeur d'une « vérité » autrement que par l'objectivité ? Or qu'en est-il de notre évaluation de la vérité en ce qui concerne notre « valeur humaine » ? Rien ne nous est plus familier que cette séparation très nette entre l'acte de penser et celui d'évaluer, entre celui de connaître et celui de désirer — aussi marqué qu'elle peut l'être consciemment. Cependant, en posant ce préalable pour servir la netteté du résultat cognitif, nous n'exprimons rien d'autre que la valeur prédominante de la cognition pour nous, dans notre estimation de celui qui commet l'acte cognitif. Tandis que nous cherchons à tenir nos jugements pulsionnels à l'écart cognitif, son évaluation n'est pas en soi une source d'erreur qu'on évite, mais c'est d'elle que jaillit l'ardeur du comportement cognitif en tant que tel.

Cette intrication de la pensée et de l'évaluation me semble vraiment nécessiter une solution heureuse : à savoir que, pour nous — être nés à la conscience —, même notre comportement pulsionnel ne fonctionne pleinement sur le plan humain que par ce mécanisme et *exprime notre forme de vécu*. Il s'agit donc d'une chose tout à fait sérieuse quand on reproche à l'attitude réflexive — comme cela se produit parfois depuis peu — de nuire à tout ce qui est vraiment vivant, comme si le vivant dépérissait à son contact. Si quelqu'un qui est fait

pour la marche se privait de l'usage de ses jambes, il ne
renoncerait pas seulement à marcher mais également au
bon fonctionnement de tout son organisme. Nous
sommes au contraire, de par notre nature même,
amenés à nous porter d'autant plus avant dans le monde
réel qui fait face au monde de la pensée que les
tendances en nous qui préféreraient ne pas s'y attarder
ne peuvent pas atteindre par un autre chemin l'objectif
final de leur propre monde. N'est-il pas émouvant de
penser que c'est en le mettant en contact avec la réalité
bornée et superficielle que nous aidons notre monde
intérieur, plein de désirs, à se réaliser ? Comme l'exaltation érotique, par exemple, qui doit se déverser sur
l'objet limité et insuffisant pour amener son expérience
à maturité ; ou bien comme les élans exubérants de
l'imagination créatrice qui doivent rassembler leur énergie la plus intime pour travailler sur les matériaux qui
s'offrent à eux — et leur vision doit satisfaire entièrement au moindre d'entre eux *pour pouvoir naître à la
vie.*

C'est que nous ne sommes pas seulement des êtres qui
font des compromis, comme dans la névrose — nous ne
sommes pas seulement, comme dans la normalité, des
êtres qui cherchent à combler leurs insuffisances par de
nouvelles acquisitions —, nous « sommes » l' « homme
dans toute sa contradiction », et cette féconde collusion
lui permet de se vivre comme un être conscient. Quand
je me suis présentée à vous[1], ce vécu s'est accompli pour
moi au contact de votre psychologie des profondeurs.
Car il avait trouvé un tel accomplissement pour vous-

---

1. Lou Andreas-Salomé rencontra Freud pour la première fois au
congrès de Weimar de l'Association psychanalytique internationale,
qui s'ouvrit le 21 septembre 1911. Au moment où elle écrit ces lignes,
cette rencontre décisive remonte donc à vingt ans.

même dans votre création que nous tous avons pu recevoir ce cadeau de vos mains. Votre mode de pensée rationnel, cet esprit de suite inébranlable qui caractérise le chercheur que vous êtes — oui, c'est bien cela ! — avaient mis à nu, sous *vos* yeux, ce qui jusque-là était dissimulé dans l'inconscient et se transforma en prises de conscience d'une nature inouïe. Grâce à vous, pour moi qui avais déjà fait un bout de chemin en sens inverse, la situation opposée devint un événement intérieur : c'est en suivant vos pas que le conscient s'est révélé à moi comme pourvu du sens et de la valeur de ce à quoi j'aspirais inconsciemment.

Certes, ces mots n'expriment tout cela que de façon très fragmentaire ; non seulement parce qu'ils sont bien en deçà de votre puissance d'expression si impressionnante, mais aussi parce qu'un sentiment très fort me coupe la voix : toute parole devient superflue, et il ne reste rien d'autre — rien, rien, rien — que l'hommage.

Lou

*Göttingen*
*printemps 1931*

*Ernst Pfeiffer nous a communiqué ce passage de Victor von Weizsäcker dans son livre* Nature et Esprit *(1954) :* « Vers la Noël de l'année 1931, le livre qu'elle [Lou Andreas-Salomé] écrivit à l'occasion du soixante-quinzième anniversaire de Freud, Hommage à Freud, me tomba entre les mains. [...] La liberté dont elle fait preuve face à l'école psychanalytique, même dans ce texte destiné à Freud, la transformation extrêmement personnelle qu'elle fait subir à la doctrine grâce à son originalité propre eurent sur moi un effet de soulagement. On se rendait compte que l'on peut traduire en d'autres langues ce qui est vrai dans une doctrine. [...] Ce cas si rare où quelqu'un a profondément compris une science tout en conservant sa personnalité propre, je ne l'ai rencontré que chez Lou Andreas-Salomé. »

IMPRIMERIE BUSSIÈRE À SAINT-AMAND (CHER)
DÉPÔT LÉGAL FÉVRIER 1987. N° 9482 (3174)

# Collection Points

# Collection Points